潛默
電影
詩選

潛默　著

潛默電影詩的符號偏嗜：解碼

溫任平

Myths, like rites, are interminable.
——Claude Lévi-Strauss

（一）

　　四十年前，我寫了篇近兩萬字的論文〈電影技巧在中國現代詩的運用〉，先發表在台灣的《幼獅文藝》，又分兩期在國內的《蕉風》月刊連載。這篇論文的運氣特好，它被收錄進台灣出版的文學大系的〈理論部分〉，成為台灣多間大學中文系的現代詩教材的一環。

　　我是個電影迷，近年來電影少看了，連續劇有一集沒一集在看，可就缺乏年輕時期，像讀文學作品那樣的去讀一部電影的那種心態：「單純」、「專注」。情節劇，所謂melodrama，編劇和導演在製造情節，部署高潮，讓觀眾追下去，以情節為餌的連續劇不可能有甚麼哲學的深度；它提供娛樂。

　　潛默（原名：陳富興）近年來為300多部中外電影經典之作，寫成詩作300餘首，選出其中120首出版成冊，多番修飾，在語文方面，我連一隻蟲也捉不到。證明這位馬大中文系碩士，漢語的造詣確實不俗。這是岔出題外的閒話。我要在此一提，電影詩是兩岸三地加新馬印泰汶還不曾出現的異數。我們從來不缺影評人與詩評人，卻從來沒有人把「電影」當作一個創作焦點來寫詩。看了《教父》、《旺角卡門》等影片，順勢寫成的零星詩作大多是「借物起興」以抒感慨，不是潛默聚焦式的、大規模的、計劃

性的專題寫作。僅僅是這份文學決心與韌性，已足令人驚歎。

　　前面我提到撰寫於1972年的論文，舉了20多個詩例，說明電影技巧在中國現代詩的運用狀況，但是潛默的120首詩作並非參照我提供的電影技巧，建構他的電影詩。他也沒有依循羅青哲教授（詩人羅青）的《錄影詩學》去經營他的詩。如果潛默追隨羅青與我學到的將是技巧手法、鏡頭運用等等，他的詩將是「用電影技巧與拍攝手法寫成的詩」，而非內容徹底的「電影詩」。潛默寫他自己的「電影詩」，終於為電影詩找到──應該說確認了──詩的「次文類」（sub-genre）的地位。

（二）

　　電影詩作為文學的一種次文類，大抵可以成立。要褒貶這120首詩就不那麼容易了，by right，我必須（仔細）觀賞過這120部電影（不好意思，我只看了36部），始能對潛默的努力，他化電影為詩的實驗性創作下判斷，單憑作者的劇情分析不足，因為劇情是故事內容，電影是聲光化電的藝術。影片的色彩、氛圍、情調的營造，還有故事開展的節奏、律動，人物的舉止表情（包括不易捕捉的內心演技），都需要詩作者還有序文作者去體驗、親炙。

　　電影有影像，而且還是會說話、會移動的影像（images），電影詩是紙上作業，沒有影像只有內心或腦裡的意象（imagery）。詩不能與集聲光色藝於一爐的電影比「真」（authentic），照片裡的西湖，用文字描繪，即使詩人的語文修養精湛，亦難及照片總效果的三分之一，而文字要捕捉動態中的電影畫面更是難上加難。以30多行詩記述或敘述影片的故事，近乎以有涯逐無涯。

　　或許魯迅為我們解答了這問題。魯迅嘗謂：「劇場小天地，天地大劇場」。天地是人類生活的「最大化」，其中之跌宕起伏乃是人生經歷的戲劇化。詩人既然可以抒寫生活，汰選生活片

斷，當然亦可把這些片段戲劇化成詩。問題是：在技術上可行嗎？在實踐上，電影詩會不會成了原來影片的劣質拷貝？

電影從生活擷取某些細節，經過篩選、重組、加工成為影片，詩又從影片中擷取某些細部加強之，highlight之，成為詩的模題（leimotifs）。寫序者以自己對電影、對詩的認識寫導論或議論，每一環節都一定會漏掉一些東西，這就像臺灣的綜藝節目《我猜我猜我猜猜》，訊息傳遞到讀者那兒已經是第四棒。由於每一棒都有遺漏，要還原本意，非常不易。加上120部影片當中，我未觀賞過的達84部之眾。我自己在摸象，也要讀者跟著我摸「虛擬的象」（simulated simulacrum），那是十分不公平的。

解決的辦法有幾種：其一、把潛默詩選的每篇作品都當作自身俱足的「小世界」來欣賞、評鑑，與影片本體完全割切；其二、把詩當作是個「小世界」來賞析，但不一定要與影片完全割切，有關的電影仍舊是個參照系；其三、揣摩詩人寫詩的意圖（連作者也不曉得），把他潛意識裡的意念發掘出來，把詩人的「心事」公開；其四、前面三種詮釋方式都可同時用或交替用，視作品的表現來決定切入的角度。其五、從詩人常用（愛用）的關鍵詞（keywords）還原作者的縈心之念。最後，單篇詩作如果出現「異變」（deviation），我們大可用deviated point of view去馴服它。

（三）

我將四輯120首詩，作了一個粗略的推算，大概有22首作品無需通過詩末劇情的概述，也可進入詩中的世界。其中大約有40首（限於篇幅，就不一一臚列了），讀者可仰仗劇情的指引，步入出詩的堂奧。專業讀者（應該說經常詮釋詩作的讀者）面對其他近60首詩，仍須就詩中符號、意象、語言、情節之鋪陳進行解碼，才能把握其旨趣。一般詩讀者，將面對因人而異的障礙。

　　那22首「自身俱足」的作品是：輯一的《終極追殺令》、《北非諜影》、《西線無戰事》、《後窗》、《羅生門》、《火線追緝令》、《楚門的世界》；輯二的《性福特訓班》、《飲食男女》、《消失的子彈》、《過客》、《少年Pi的奇幻漂流》；輯三的《海上求生記》、《濃情四重奏》、《一路有你》、《駱駝女孩的沙漠之旅》、《等一個人咖啡》；輯四的《失控》、《麥迪遜之橋》、《怒火特攻隊》、《自由之心》、《福爾摩斯先生》。這當然不是「最後的判決」，完全是筆者個人的觀點，不同的詩評家列出來的詩作與我差別可能很大。詩評家的個別喜好，他們對於有關影片的瞭解（他們有看過相關的電影嗎？），都會影響他們的抉擇。筆者無可能抄錄上述22首「自身俱足、無待外求」的詩，僅能以兩首詩為例，其中之一是《羅生門》：

羅生門

我，離開黑，用白色
用光線，調整山林的色澤
我把太陽移動，透過
葉縫的暗語，斜斜入侵
空氣裡有我浮遊的氣息
空間裡有我飄動的斑駁
他們身上，紛紛沾上
我在山林裡的設計
太陽是一台攝影機
濃密的樹陰是背景
鏡頭裡匿藏光
也匿藏著暗影
他們選擇躲在暗影下
擡頭望光

他們同時望到一頭暈眩
在各自的心裡撒下迷茫
大雨傾盆，煙霧迷漫
平安京的正南門
羅生門下
樵夫、行腳僧、雜工
各自說著光與暗的故事

而我，把鏡頭一轉
只對焦明亮

————2012年2月25日

 電影說明

　　《羅生門》，1950年的黑白片，是日本導演黑澤明成名
之作，影評家對它讚譽有加。故事述及一起凶殺案的發生，當
事人與目擊者為了各自的目的各說各話，赤裸裸暴露了人性的
弱點。

　　羅生門各說各話的迷團，是讀者熟悉的，文化論述也常用的
「上演一齣羅生門」這樣的話語。這首詩出色之處在於透過樹木
山林的陽光移動，光線的斑駁與遊移，光與暗的參差，凶案的發
生如光暈的迷茫難辨。光與暗是林中的氛圍，也是三名疑凶的的
心理霧霾，潛默的詩完全不提疑凶為自己辯白的說詞，他只用山
林的光暗掩映返照人心的善惡。
　　黑白、光暗的對照一直是潛默擅用的慣技，在潛默的120首
詩中他用了許多次。他對冷、熱的強烈對峙，投入許多的考慮。

詩人對某些字詞（通常是反義詞）的耽溺，在我翻閱對照的過程中得到了證實，使我頗為震動（吃驚）：「生」用了13次，「死」用了29次；「黑」用了26次，「白」相應少了，只用了9次；「冷」字用了24次，「光」用了55次。「光亮」是同義合成詞，「亮」也用了兩次，換言之，由於作者創作心理的某些偏嗜，「光」（加上同義的「亮」），詩人在120首中用了57次的「光」，等於每隔一首詩，「光」這個字／詞就會灼照一下。某些字的不斷出現，這現象引起了我的注意。我花了一整天和一個清晨的工夫，繪表統計。詩選有四輯，比如「冷」在第一輯（37首）用了21次，「光」在第一輯用了30次，但是「黑」與「白」卻在詩的第四輯用得最為頻仍。

然則這些發現，統計學的字詞使用率的發現，有助於我們對潛默電影詩的瞭解嗎？當然有幫助。神第一日造天地和光（創1:1-5）；「你們是世上的光。城造在山上是不能隱藏的。人點燈，不放在斗底下，是放在燈臺上，就照亮一家的人。你們的光也當這樣照在人前，叫他們看見你們的好行為，便將榮耀歸給你們在天上的父。」（馬太福音5：14-16）光太重要了，它的重要不僅可以驅走黑暗，它也可以讓人與萬物沐浴其間，是「生」的必要條件。

我是佛教徒，要剖析瞭解基督徒潛默的作品，我必須暫時放下佛教徒的思維模式，放下貪嗔癡慢疑，放下宗教偏執與成見，進行文本剖析解碼。的確，「光」這意象與外延義對詩人太重要了。「光」出現，人們往「光」的方向走，是最基本的自我保護（取暖，汲取能量）與自我救贖之道。這一疊潛默詩作，「光」出現了57次，絕非尋常，它強烈顯示作者的心理歸趨。誠如顏元叔提的「定向疊景」（directional perspective），「一條直路，兩側是棕櫚樹」，沒有deviation的問題。光是聚焦的，一直不斷出現、灼照凸顯主題。

（四）

　　一年前潛默在電話裡和我談起一齣相當奇怪的西片《失控》。整部電影拍攝一個男人，夜間於路上駕車，他在車裡通過電話談公司的事、家事、與朋友聯絡。當然他也在電話裡與他有過一夜情的女人談話，她有了他的骨肉，正在醫院分娩。男人的車是向醫院的方向馳去，他打算探望他的女人。仿似個人秀的一部片子，卻不乏內在張力。《失控》全詩如後：「這是一條直通的路嗎／車在燈影下，我在燈影外／路漫漫，前後光影流過／電話一如我，一如我的脈動／前頭不管有多少公里要走的路／留在家裡那一個骯髒的身影／妻堅持說要滌除盡淨／一垢不留／而那項大型建築的施工／餘留的後續程序／分秒必爭／電話鈴聲是一個／通天的提示嗎／各色的光影／掠過，我的心思／掠過，我的心速／全失控在／芝加哥酒醉／那一夜／沉沉裡的微亮／迷濛閃爍／像霧又像花／那分娩中的女人／面目竟然陌生得／像這一條通往／倫敦的路／醫院，還／在盡頭嗎／／而所有的光影／遊離／車子追逐／紅光／白光／迅速往後／退去」

　　首先我們發現以光影的錯落變化，反映人物的內心狀態與外在狀況，是作者的強項。一年前潛默在電話裡還告訴我，影片中公路上來去的車輛的燈光正常，一直到即將抵達醫院的前一刻，從前面來的車，燈光轉為紅色，紅濛似沙塵暴。只一瞬間，紅光又迅速變化成一片耀目的白光。是車子失控？看到血光，人在離開世界那瞬間見到白光？我們可以這樣揣測，揣摩得對不對並不那麼重要。重要的是作為一個寫序人，我發覺光的亮度：黑（暗）、白、紅，還有與紅有關的「火」、「熱」，都是潛默的私家符號，是的，以顏色為符號從來不是畫家的專利。要解碼潛默的作品，得從符號的生成，符號出現的語境，尋找來龍去脈。

　　《大國民》詩中的火與雪原型，構成潛默其他電影詩的主調。火的燃燒、熱能與它的破壞性；雪的寒冷、蕭殺與它的毀傷性，是潛默詩的主要感覺意象（sensory imageries）。一路走來，踟躕而行，潛默終於來到詩的高寒地帶：對「生」與「死」的考量與反思。在人間世發生的愛恨情仇，打擊與報復，暴力與恐怖，災難與屈辱，迷失與追尋……不同的情節在不同的故事裡出現，而潛默努力不懈追求的是救贖之道。120首詩出現26次的「死」，9次的「生」，可見「死／死亡」遠比「生」沉重許多。

　　潛默在其他詩中提到門、門戶，出路，哭與笑，是尋找救援（救贖）的經歷。人有局限，歷史上沒有任何人可以經歷人類的所有經驗，潛默觀賞了300多部東西電影（這兒只選了120部），西方包括歐美諸國，東方包括兩岸三地甚至馬來西亞的影片，蘇聯、巴西、澳洲的片子也是潛默觀賞的對象。大多數影片拿過各種電影大獎包括奧斯卡金像獎，不少影片還是根據世界文學名著改編的。

　　上一段我提人與人之間的愛恨情仇，也在政經文教的各行各業出現，在上中下層社會每個角落進行，沒完沒了。家庭鬥爭、企業齟齬、同行傾軋，金錢權力的慾望，讓多少人禁不住誘惑去犯罪，犯罪後為了撫平心理的不安：到處捐獻搞慈善，把自己裝扮成聖誕老人那樣，讓自己不會（躲過）受罰。只有瞭解電影的文學性，電影的詩性，再加上他的基督徒背景，潛默始能以真實生活為背景，採取其要件，用碎片還原本相把電影昇華為詩，既現實又超越（realistic and transcendental simultaneously）。

　　而《羅生門》正如其他的詩作，裡頭的黑、白、光、暗……都是符號，都有其喻意。這些符號加起來成了詩的象徵系統，生死之言說，抉擇與放棄，復仇與寬恕，慾望與良知，罪惡與懲罰……才能在詩的話語中交織更疊。面對其他近60首較難解的詩，如果循著詩的符號、意象、敘事應可按圖索驥。用心的讀者甚至聽得見瘖啞的他者（muted others）的聲音。

（五）

　　潛默的企圖很大，但他也可能是無心插柳柳成蔭的結果。詩選作品出現57次象徵救贖的「光」字，是偶然也是必然。你可以說他只是為觀賞過的電影寫註腳，可這些眉批式的註腳日久寖寖然孕育了力度，那300多首詩（這兒是經過迭選的120首）企圖指涉的是，就我的看法，是人類活動與社會現象（reflexive of human activities and social phenomena）「大體上的總和」（totality in general）。而且他還（自覺或不自覺的）想為罪與罰尋找救贖（redemption），「一絲光亮／一點希望」（《星際效應》）。反映人類總體既然是不可能的任務，《聖經》也沒能記載全人類的大小事件，眾多電影人物與情節當可構成Norman Bryson所謂大致的「可見性」（visuality），讓有心人能窺一斑而見全豹。

　　潛默的態度近乎決絕，他的詩句：「敢死，才算浴火重生」。詩選第二輯的《職業：記者》，裡頭的新聞從業員是以二次死亡使自己活著。《玩命法則》、《那夜凌晨，我坐上了旺角開往大埔的紅Van》的結局都是死亡或正在死去。壞人惡棍該死，那是懲罰。但是善良的金剛也在猛烈的砲火圍攻下頹然踣倒死去，那是可怕的結局。潛默在2012年2月的早期作品《蕭山克的救贖》，不免感傷：

　　　　遠遠，他聽到高牆內
　　　　悠悠揚揚飄來
　　　　莫箚特的《費加洛的婚禮》
　　　　間中遊走
　　　　一絲絲口琴聲
　　　　他，昂起頭

　　　一群鳥，在暴雨的洗刷中
　　　掠過長空

　　　這也是詩人在這部詩選裡第一次用到「救贖」（redemption）這個所有基督徒都關注的詞彙與概念（詩的題目）。「救贖」這個詞後來多次出現在其他詩作之末。李維史陀（Levi-Strauss）嘗謂：「人不是在神話裡，而是神話在人裡頭思考。」（I therefore claim to show, not how men think in myths, but how myths operate in men's mind...）這是詩人潛意識裡進行著的事，用詩探究、尋求人的自我救贖的種種可能與方式（這正是神話建構）。同年3月潛默寫《火線追緝令》，把天主教信仰的七種入地獄的罪列下：暴食、貪婪、懶惰、驕傲、淫欲、嫉妒、憤怒供讀者參照。潛默的詩緊扣著「七」，一點也不放鬆：「七是迷宮，七是地獄／七是冷血，七是傳道／七是圓滿，七是殘局／七是刮掉指紋的手指／七是放晴的主日／七是／查案警察／最後／憤怒的一顆／子彈」。《聖經》的「七」代表「完美」，可是查案警察用的是「憤怒」的子彈，「憤怒」是七宗罪之一，這是神聖VS褻瀆。《科學怪犬》是科技與良知良能的結果，這結果是救贖嗎？像《亞果出任務》影片裡的亞果：

　　　在離境的飛機上，一起把原封不動的劇本
　　　交給飛翔的天空去閱覽

　　　姿態瀟灑，從容不迫，但那不是救贖。《第七傳人》的「你以第七個七／完成駐守與通關／溫床上只剩下愛／鋪平一條路」應該是和諧的精神救贖。《別相信任何人》的：「我還是睡去的好／真正睡去／期待很多天後醒來／還原一個／真正的自己」，不像是救贖，反而更像求助於選擇性遺忘與自我激勵。《親愛的》：「如果有一百零一個故事／每個故事都是天方夜譚／我們

都願意、願意聽／從床頭到床尾／直至淚水在聲音裡乾涸」是回憶也是在懷舊。《我想念我自己》：「妳還是看不到妳視野裡的點點／卻在最高之處／感覺到，那一絲絲／愛念的存在」，用對自己的愛來為自己救贖，單純可惜不免單薄。

這些救贖之道，我想都比不上《鐵達尼號》的Jack，犧牲性命，讓自己愛的Rose能活下去。Jack的犧牲帶來永生。《賓漢》主角面對種種傷害，最終卻放棄復仇，在最後放下多年來的折磨與痛苦，寬恕了敵人，這樣的救贖維持了它的「純粹」與「本真」。

潛默詩選的作品，往往以橫空而出的突兀方式作結。它們不一定是箴言，反而是揮灑自如的佳句：「三十一年　或更持久的廝磨／只要盟約的燈未熄／適時充電／天涯，頓成咫尺」（《性福特訓班》）；「時間一輪迴，人生一轉向／誰不是，輸，多過於贏／階梯上的風雲」（《大亨小傳》）；「脫殼後的金蟬／有友誼的手忽而突破楚河漢界／也有友誼的手永遠被關押將死」（《鋼鐵墳墓》）；「原來人生的聚散離合／是天底下最難奏響／長篇直透尾聲的樂章」（《濃情四重奏》）；「我的期待／是你指揮不了的現在」（《最後騎士》）。

筆者私淑潛默的某些詩行，覺得它們有特殊啟示（revelation），不一定是罪與罰，懺悔與救贖……那些杜斯妥也夫斯基（Dostoyevsky）的大哉問，而是關乎生命本質的三言兩語，有時比長篇大論更能引人深思，像《海上求生記》的：「而一切盡失／只剩下魚，以及他／他僅有的呼吸」，像《總鋪師》的最末三行：「一眨眼／人、鬼、神／全疏通了」（當然讀者要有三位一體的基本概念），像《自由之心》的：「原來，回顧／就從那兒／一板塊　一板塊／拾掇」。還有，《雨果歷險記》的引人聯想翩翩：

　　　一列火車進站
　　　1895年之後所有火車
　　　向無邊延伸的軌道馳去

還有《奧瑪的抉擇》一詩，擬人化加超現實主義的六行：

那一堵牆，從有形
到無形，桎梏鎖心
唯獨一顆，沉思後
破繭而出的子彈
勇於洞穿
牆上一個洞

我也對年輕時自己買戲票鑽戲院看的《午夜牛郎》甚感興趣。潛默在詩裡以兩個「冷」夾著中間一個「熱」字，人物的生活仿似三文治那樣的狹仄煎迫。流浪漢里索，貧病交迫，加上跛腿，一直在城市受辱受苦，此生赴海灘一遊的願望不可能實現。另一流浪漢巴克卻籌到一筆錢，決定與里索前往海天一色的南方，過些好日子。他們坐上了長途巴士，一路上巴克興奮的講了不少話，直到他聽不見里索的回應，才驚覺好友因長期折騰，在座位上歪著身子死去。「天涯原來是在／邁亞米——／未竟之渡」，是令人傷心的佳句。

進入序文尾聲，在歷經閱讀的「煉獄」後，也許讀者與我一樣，丞待詩給予我們「心靈的洗滌」（spiritual catharsis）。我建議：要嘛去讀潛默的半童話半神話的《捉妖記》紓解一下，要嘛去感受一番《失控獵殺：第44個孩子》的：「你閱讀孩子們的心事／竟把我的，也讀成／更好的明天」，《過境》：「我和你，收集過多流出的淚水／洗一洗吧全蒙上塵埃的臉」，童心與智慧都有心靈洗滌的效用……放下iPad，搓揉著我在iPhone 5S因劃寫過頻而痠痛的食指，天啊，我感覺到好自在。我自由了。明天我可以撰寫另一篇文章《譯介的現代性》了。

温任平，2016年7月4日，農六月初一。

目次

輯一 | 楚門的世界

輯二｜聽風者

輯三｜移動迷宮

輯四｜進擊的鼓手

楚門的世界

四百擊

埃菲爾鐵塔搖來晃去
生活，擠不進三人空間
擠不進父母心房
學校的棒喝沉悶
繼父的鐵拳咚咚有聲
巴黎的每一堵牆往一邊傾斜
灰暗的街道蹓躂一隻小小幽魂
老鼠的生活爬牆而過
自由在自己挖的洞裡
愛上巴爾扎克的《上帝研究》
腳前沒有光
光，在圍著柵欄的囚車
光，在少年改造所
一個圓圓的足球
代表了什麼？
滾過一個洞
滾過一堵硬邦邦的牆
樹林、田野、空房子、斜坡
孤獨的塞納河冷眼旁觀
茫茫的大海拍打胸膛
擊在他腳上
微微散開浪花

——2012年1月6日

電影說明

　　《四百擊》（*The 400 Blows*），黑白片，是1959年法國新浪潮電影，榮獲多個獎項，包括紐約影評人協會最佳外語片。劇情講述少年安托萬是母親跟男人鬼混而懷下的，原本打算流產，後在祖母勸說下，母親才下嫁給一個自己不愛的男人，因此視安托萬為一種負累，安托萬自小也就得不到應有的照顧。總的來說，安托萬叛逆的成長過程：家庭、學校、社會，都是罪魁禍首。

終極追殺令

我不是殺手，我的手在陽臺上
一伸手，我要一掌的陽光
給你，給我
給綠蘿香
我不是殺手，我的手溫柔
一如躺在遠處的靜水
眼前的街道奇冷，冷入毛髮
冷入殺人的鋒芒
十二歲的乳臭
潛入四十餘歲的心房
合力灌溉
一塊特異地帶
金色陽光直射而入
你我的救贖
長在長長綠色的葉子上
那綠蘿，從陽臺
到通風口
滴下兩行熱淚
我不是殺手，我的夢
還醒著
在福利院和煦的陽光中

——2012年1月10日

電影說明

　　《終極追殺令》，或譯《這個殺手不太冷》（*Leon The Professional*）是法國著名導演盧貝松（Luc Besson）1994年作品。故事講述一個中年殺手如何救助一個全家遭警殺害的小女孩，從建立起微妙的感情到以悲劇結束，過程淒美感人。

大國民

花蕾守口
玫瑰把祕密隱藏
仙那都莊園的夢
在碎裂的水晶球裡尋覓
雪花和農舍
「美國忽必烈」的大腳印
褪色了，蹣跚越過大鐵門的「K」
終於，在清冷的月光下
肌膚刺穿在欄杆上的鐵蒺藜
留下「私人重地，閑人免進」
玫瑰花蕾
「免進」的牌子拆除
閑人一步步趨近
湊合五人的拼圖
答案是：什麼也不是
壁爐裡，熊熊烈火
把一件件記憶印在胸前
童年的滑雪板
有雪花，有農舍
有：童年留下的
四個字：
玫瑰花蕾

　　　　　　　　　　　　——2012年1月20日

電影說明

　　《大國民》，或譯《公民凱恩》（*Citizen Kane*）是1941
年的黑白片，曾穫1942年奧斯卡金像獎最佳劇本。它也被譽
為影史上最偉大電影。影片通過五個人的敘述，還原被人稱為
「美國忽必烈」的報業巨頭凱恩傳奇的一生。

北非諜影

卡薩布蘭卡，我的名字刻在你臉上
你臉上，有客人的明槍，有客人的暗箭
有客人的暗渡陳倉
有你留給我的情傷
巴黎的吻痕，曾經
癡戀著春天的敞篷車
時光流轉的旋律，從巴黎
穿過綿綿細雨
回旋於卡薩布蘭卡的疑陣裡
舊歡新愛，女人男人
世界濃縮成一個，我的小酒館
濃縮成你我的愛恨情仇
濃縮成你我的國仇家恨
濃縮成你和他離開卡薩布蘭卡的
兩張猶豫不決的通行證
而後飛機終於起飛
一切已成定局
納粹在追
愛情隨著跑道飛走
正義擡頭
自由在遠方招手

卡薩布蘭卡，我的名字在你臉上
留下，時光流轉的唏噓

——2012年1月20日

 電影說明

　　《北非諜影》（*Casablanca*），是1943年的一部黑白
片。1977年，它被評為排名第三的美國最佳電影。1983年，
它被英國電影學會推舉為第一部最受歡迎的美國電影。電影以
二戰期間，一個美國人里克在摩洛哥的卡薩布蘭卡所開的酒館
為故事中心，這個酒館是各國人民尋求通行證逃往自由國度的
集中地，酒館內龍蛇混雜，各種矛盾衝突包括男女感情的糾纏
都發生在這裡。

西線無戰事

西線異常平靜，馬恩河默默地流
戰壕裡的沙土，給老鼠鋪好睡眠
他從戰壕裡爬出，陽光柔軟
吻著他，給割斷青春美夢的臉
《馬賽曲》、《在故鄉》
縈繞在病重母親的耳畔
「聖誕節要回家」，他還記得
自己在衝線前寫下的豪語
西線異常平靜，馬恩河默默地流
他爬出戰壕，迎來一隻彩蝶
雙翼收集陽光的暖意用力盤旋
要往上高飛，要高高飛過那些戰壕
莫名的興奮抓住他的神經
他高舉雙手，伸向翩翩的蝶影
驀地，砰然一聲響
他感覺自己一隻手還往上伸
而身體則慢慢傾斜
他像看到戰壕伸展長長如十字架的青塚
越過馬恩河，越過司令部的戰報上
大大的一行字：西線無戰事

——2012年2月22日

電影說明

　　《西線無戰事》（*All Quiet on the Western Front*），
1930年的黑白影片，榮獲第三屆奧斯卡最佳影片、最佳導
演；也是美國百部經典名片之一。故事描述一戰時期，德國年
僅十九歲的青年保爾與其他年輕人一樣，受政府蒙蔽響應號召
投身戰爭前線，親眼目睹戰爭的慘狀，方才如夢初醒，早前天
真的夢想全幻滅了。

後窗

我是用眼睛記錄
的記者
望遠鏡是我的筆
視覺是我導演的技巧
拉開我視野的窗簾
對著夏日炎炎的鏡片
遠景、特寫是我多角的探索
轉移一個方向，到另一個方向
對面格子裡的演員
天生的暴露狂
開麥拉自己叫個不停
是的，每一個後窗
都有守不住的祕密
每隻眼睛都在取景
伸張四面八方的觸鬚
觸摸自己，觸摸人間
觸摸一些不為人知的禁區
我是用眼睛記錄
的記者
犯了職場上的大忌
我用窺探代替筆
用沉默的文字代替聲音

我暴露了自己
在後面的視窗裡

　　　　　　　　　　　　　　　　——2012年2月25日

 電影說明

　　《後窗》（*Rear Window*）是緊張大師希區考克（Sir
Alfred Hitchcock）1954年的傑作。故事講述攝影記者傑夫因
腿傷而必須坐輪椅在家裡活動，他唯一的消遣就是通過後窗窺
探對面樓房住戶的生活。一次，他注意到一對夫婦的住處，動
靜怪異，終於揭穿一起謀殺案，也使自己與情人陷入險境。

羅生門

我，離開黑，用白色
用光線，調整山林的色澤
我把太陽移動，透過
葉縫的暗語，斜斜入侵
空氣裡有我浮遊的氣息
空間裡有我飄動的斑駁
他們身上，紛紛沾上
我在山林裡的設計
太陽是一台攝影機
濃密的樹蔭是背景
鏡頭裡匿藏光
也匿藏著暗影
他們選擇躲在暗影下
撞頭望光
他們同時望到一頭暈眩
在各自的心裡撒下迷茫
大雨傾盆，煙霧迷漫
平安京的正南門
羅生門下
樵夫、行腳僧、雜工
各自說著光與暗的故事

而我，把鏡頭一轉
只對焦明亮

——2012年2月25日

 電影說明

　　《羅生門》，1950年的黑白片，是日本導演黑澤明成名
之作，影評家對它讚譽有加。故事述及一起凶殺案的發生，當
事人與目擊者為了各自的目的各說各話，赤裸裸暴露了人性的
弱點。

蕭山克的救贖[*]

夢，蟄居於挖空的聖經裡
夢，鑽進麗達·海華茲巨幅海報後面
夢，匍匐在五百碼的下水道
夢，窺視在靈魂的圍牆內
夢，修成最後磨平的小石錘
二十年光景，他堅持自己是約瑟
逐步解開高牆裡的夢
出埃及，像走出鯊堡監獄
救贖，鋪成長滿尖齒的甬道
他從活死人墓裡爬出來
暴雨、閃電，與空氣一同呼吸
遠遠，他聽到高牆內
悠悠揚揚飄來
莫箚特的《費加洛的婚禮》
間中遊走
一絲絲口琴聲
他，昂起頭
一群鳥，在暴雨的洗刷中
掠過長空

——2012年2月25日

---

[*]　編按：此處為考量原作詩詞意境，故未將電影譯名更改為台灣官方譯名。

電影說明

　　《蕭山克的救贖》，台譯《刺激1995》（*Shawshank Redemption*），1994年影片，曾獲奧斯卡7項提名。這是一部出色的監獄片子，故事講述一個被誤判無期徒刑的銀行家，如何利用二十年時光，精打細算，終於成功越獄，重獲新生。

中央車站

（一）

她，固守四方
收取善男信女的禱詞
一些禱聲朝馬路馳去
一些滯留原地
在她拆信的自娛中
再次剖白
她，終於被安排
離開自圍的天堂
去邂逅一個卡車司機
去接受小男孩
一條五塊錢的裙子
聖芳濟教堂
聖母和燈火
照亮了她的腳

（二）

一顆燃燒黃昏
一顆點亮晨曦
低空掠過
雙星，交會在
茫茫馬路開出的

眾生往來的十字路口
一個尋覓耶穌
一個尋覓宿主
殊途而同歸，在
一個家的圖騰
路，淡出
又淡出
最後，潛入
約旦河
渡河後
約書亞，你的名字
是故土的
迦南地

——2012年2月26日

 電影說明

　　《中央車站》（*Central Station*），1998年巴西名片，曾獲多個國際電影獎。故事描述一個小男孩約書亞，在尋找父親耶穌的過程中，結識一個在中央車站靠為人寫信找生計的女人朵拉，後者答應陪伴他尋找父親，兩人在路途中建立像母子之間的關係，並逐步完成了各自心靈的旅程。

火線追緝令

他把意象植入山窮水複之地
等待柳暗花明的失樂園
以暴食開始
以憤怒結束
那肯定不是殺戮遊戲
現場的血字，字字珠璣
從打開潘多拉的盒子
每一種境界
授意的手遊走
七天、七罪、七罰
七次天雨、七時下午
七是迷宮，七是地獄
七是冷血，七是傳道
七是圓滿，七是殘局
七是刮掉指紋的手指
七是放晴的主日
七是
查案警察
最後
憤怒的一顆
子彈

———2012年3月2日

電影說明

　　《火線追緝令》，或譯《七宗罪》（*Seven*），1995年名導大衛・芬奇（David Fincher）的作品，曾獲金球獎最佳電影和柏林電影節金熊獎。故事描述變態者借天主教信仰裡七種入地獄的罪：暴食、貪婪、懶惰、驕傲、淫欲、嫉妒、憤怒，一一懲罰世人。而查案警察則成為最後一個被罰者。

鐵皮鼓

成長的腳步，選擇
從樓梯
滾落地窖
附在幽冷的脊柱
十八年，他以一面生日鼓
摩擦背部
一股暖流
緩緩，流入
納粹的進行曲，流入
侏儒演出，流入
瑪麗亞的赤裸，流入
雷古娜的雙人床
十八年，他以荒誕的棒子
敲打
咚咚咚咚……
敲醒一枚納粹徽章
倏地卡在
爸爸的喉頭
一聲「爸爸」
他決定從幽冷的脊柱
從鐵皮密封的鼓
跳出去……
他看到

開始長高的
自己

　　　　　　　　　　　　　　——2012年3月7日

 電影說明

　　《鐵皮鼓》（*Die Blechtrommel*），1979年德國電影。故事通過一個不願長高的男孩的眼睛，透視德國社會和人的荒謬性，揭示1924至1945年間這個國家陰暗的一面。本片曾獲多個國際電影獎，包括1980年美國影藝學院最佳外語片。

潛默電影詩選

八分半

回憶＋現實＝八分半
拉下小汽車的窗玻璃
密密麻麻的車笛亂叫
他的身體驀地彈出
天地之間
一口氣，懸在
腿上的繩索
海灘上
中世紀的騎士
把繩索一拉……
之後
一分給了墓地裡的夢幻
一分給了童年沐浴的回憶
一分給了成年沐浴的幻象
一分給了教會懲罰的聯想
一分給了後宮眾紅粉佳麗
一分給了靈感的白衣少女
一分給了佛洛伊德的心理
一分給了還未完成的劇本
最後半分，他舉槍
對准自己的太陽穴……

──2012年3月10日

電影說明

　　影片《八分半》或譯《八部半》（8½），1962年黑白片，是義大利電影大師費德里柯‧費里尼（Federico Fellini）的作品，曾獲多個電影獎，包括美國影藝學院最佳外語片，以及奧斯卡最佳黑白服裝設計。故事通過男主角創作劇本的過程，描述一個導演內心混亂掙扎的心路歷程。

午夜巴黎

孺慕，跳躍時空
午夜後從一條街密織
二十年代的眼神
自燈影中迷濛散開
孺慕，跳躍二十年代
作家、畫家
從濃濃的花都霧裡
攪拌一杯杯陳年美酒
醉人的醇香漫飛
海明威、費斯傑羅、達利、布紐耳、畢加索
所有的耳熟能詳
如雷，貫穿霓虹幕景
透色的巴黎
隨即添採
更早一種
十九世紀
高根、德迦凡
古典的構圖
整個圓潤的夜空
忽而從遙遠的星際飄來一則傳說
雋永，如一首失傳的圓舞曲
舞轉浪漫的情韻

　　　　　　　　　　　　　　　——2012年3月15日

電影說明

　　《午夜巴黎》（*Midnight In Paris*）是伍迪‧艾倫（Woody Allen）的電影，獲84屆奧斯卡電影金像獎最佳導演提名。劇情講述基爾和女友愛妮絲一起到巴黎旅遊。基爾正苦思其長篇小說的創作而不得要領。某個午夜，他一人獨步巴黎街頭，發現上世紀二十年代的這個城市可以提供他創作的泉源。

雨果的冒險

一列火車進站
1895年之後所有火車
向無邊延伸的軌道馳去

梅里斯電影的尋根
從巴黎某火車站開始
雨果的歷險，不是奇幻
而是從大鐘樓的鐘擺中
尋找歷史遺留的痕跡

夢幻中的一列火車
轟然撞開
造成的震撼比光影還強大
軌道上遺落的心形鑰匙
從此啟開科幻的火車頭
梅里斯在光影中
遠遠跨越
盧米埃爾兄弟的列車

從此，所有掠過的默默光影
以及眾聲喧嘩裡的現代詮釋
都向第七藝術的眾領頭羊
致最高的敬意

——2012年3月20日

電影說明

　　《雨果的冒險》（*Hugo*），或譯《雨果的巴黎奇幻歷險》，是名導演馬丁・史柯西斯（Martin Scorsese）向法國科幻電影先驅梅里斯（Georges Melies）致敬的電影。本片榮獲84屆奧斯卡電影金像獎5項技術獎。故事講述上世紀三十年代的巴黎，在火車站流連的孤兒雨果，正四處尋找一把鑰匙以便揭開父親遺留在一台機械人裡的祕密，而這個祕密可以改變他的一生。

辛德勒的名單

很多很多的槍聲沉寂之後
地板僵斃
床鋪僵斃
鋼琴僵斃
牆的夾層僵斃
呼吸，謀殺了自己……

黑，討價於白
白，六個世紀鑄成的價碼
毫無還價的餘地
唯一穿著紅衣的小女孩
在黑滲入白的色調裡
穿梭
辨不出自己的身分
她的明天，只能躺在
運屍車上

義人終於走出自己
用金錢推磨
磨出一份浴火的名單
名單上寫著：
上帝說
凡救一命，即救全世界

科拉科，刻印了
1100個記憶
交給，六個世紀創造的歷史
交給，一枚戒指

——2012年3月20日

 電影說明

　　《辛德勒的名單》（*Schindler's List*），1993年黑白影片，是大導演史帝芬・史匹柏（Steven Spielberg）的傑作，獲66屆奧斯卡最佳影片、最佳導演等七項大獎。影片描述二戰期間，身為德國人的辛德勒如何憑著人道精神，從納粹的手中解救了1100個猶太人。

姊妹

黑，喘息於六十年代
每一幅被歧視的風景
陽光被截斷
異樣的眼
不停切入
拉扯皮膚的距離

沉默，從形體裡脫離
喘息，在斷光下起義
白裡，也有透著雜質的時候
與一本書，要把渾身的黑化為訴
一把辛酸
滿紙盡是DNA的荒唐
深深鐫刻在
人間地獄很早的碑石上

————2012年3月21日

電影說明

　　《姊妹》（*The Help*），是一部描述二十世紀六十年代初美國黑人遭受種族歧視的電影，黑與白、地獄與天堂，在影片中區分得非常清楚。片中黑人演員奧塔薇亞‧史班森（Octavia Spencer）榮獲84屆奧斯卡電影金像獎最佳女配角。另一黑人演員薇拉‧戴維絲（Viola Davis）則獲最佳女主角提名，最終敗給飾演《柴契爾夫人》（*The Iron Lady*）的梅莉‧史翠普。

楚門的世界

他看不到自己的門
全世界穿梭他的門自由進出
此處不是楚地
卻有漢界分割
而天下屬於漢
開拓邊界，疆土無遠弗屆
每一個娛樂的眼睛，都有一扇門
門後有天才導演
有固定角色的演員，有
翻翻滾滾的劇情
肥皂一般飄飛
起落，閃閃的色彩在裡面
三十年從來不破滅
他演著，唯一的主角
門裡的世界
獨一無二
近乎完美的鏡頭
把他運送到海角以外
從超現實
到現實
到擊破攝影棚裡
「上帝」的手
他才看到自己的門
虛假的門

他走下舞臺
深深吸一口
氧氣是真實的

——2012年3月23日

 電影說明

　　《楚門的世界》（*Truman Show*），一部震撼人心的電影。故事猶如一個荒唐的人生寓言，描述媒體如何操縱、從裡到外攻陷一個人，從小把他放在一個經過巧妙設計，如同小鎮一般的龐大的攝影棚裡成長，他每天的生活都被安排好，成為鏡頭下的主角，他的故事就這樣通過媒體傳播到每一個角落去娛樂觀眾，而他本人卻完全不知情。

沉默的羔羊

（一）瘋狂的野牛

身體太僵硬了
給我，兩塊皮
菱形
給我，胖女人身上的
縫製
性的衣裳
給你，一隻蛾蛹
變變變
給羔羊，我
變主人

（二）漢尼拔博士

挑逗鼻息的
女人味
頻頻吸入
羔羊的哀號
在地下牢獄
她，投桃
我，報李
我們，以文明人的禮節
互送
「羔羊是否不再哀號了？」

（三）FBI見習女特工

從沉默的喉頭
鉗出，地獄蟲蛹
我，看到大斑紋的背部
潛伏畸形線條
骷髏蛾在飛
飛進
羔羊的尖叫
尖叫、尖叫……
眾聲裡
「羔羊是否已經安靜了？」

——2012年3月25日

 電影說明

　　《沉默的羔羊》（*The Silence Of The Lambs*），榮獲1991年奧斯卡最佳影片、最佳導演、最佳改編劇本、最佳男女主角5項大獎。本片匠心獨運地將恐怖與偵探元素巧妙地結合一起，營造出一種意料之外的驚悚效果。劇情講述FBI見習女特工克麗絲受命從一名被囚的殺人狂精神科醫生那兒套取另一連環謀殺案的線索，卻在過程中導致自己深陷險境……

美麗人生

奧斯威辛集中營
你身上的創傷
我給它狠狠注射了一針
止痛劑
攪和了笑
想像，還有
黑色
眼淚從黑體裡消失
黑體從笑裡消失
笑從達觀裡溢出
人生必須解體
放在一個集中又不集中的營裡
哭，在心裡追逐笑
笑，在心裡抹去淚
心，開了窗
永遠只看到圍牆
天真不認識眼淚
笑臉不認識憂患
扮演圍牆與一口窗
玩遊戲的舞臺
一個人
自編自導自演
戰爭有淚不輕彈
明日有淚輕輕藏

今天明天後天
不見一絲血
沒有一滴
你淌下的眼淚
告訴你
那是慘絕人寰
戰爭的故事

那狠狠一針的止痛劑
藥到病除

　　　　　　　　　　　　　　　　　——2012年3月30日

 電影說明

　　《美麗人生》（*Beautiful Life*），是一部由義大利喜劇演員羅貝托・貝尼尼（Roberto Benigni）自編自導自演的影片。本片榮獲多個電影獎，包括71屆奧斯卡最佳男主角、最佳外語片以及最佳原創音樂。故事描述二戰期間，男主角基多，因猶太人身分，與年幼的兒子被送去集中營。為保護兒子免其幼小心靈蒙上戰爭陰影，他給兒子玩一場遊戲，遵守遊戲規則的人最終將會得到一輛坦克。編導通過喜劇手腕，讓人們從笑中帶淚的那一刻領悟人生是美麗的。

與狼共舞

我體內有一隻狼
牠是「雙襪」
牠是「十熊」
牠是「踢鳥」
牠是「風中散髮」
牠是印第安
牠是我
牠是我心中的狼
迎著西部的風沙
喝著西部的河水
趕著西部的野牛
雙襪是潔白
十熊是力量
踢鳥是警訊
風中散髮
自由的生機
蒼天有狼
平原有狼
峽谷有狼
炊煙有狼
帳篷有狼
狩獵有狼
篝火有狼
旱煙有狼

彩繪花紋有狼
拉科他語有狼
……

「揮拳而立」
千丘萬壑
永遠，有狼

　　　　　　　　　　　　　　——2012年4月2日

 電影說明

　　《與狼共舞》（*Dances with Wolves*），榮獲1990年63屆奧斯卡最佳影片、最佳導演等七個獎項。本片史詩般描述一個美國中尉如何融入印第安蘇族人的生活圈子，與他們共同反抗敵人及白人犯境的舉動。

計程車司機

你是黑夜的畫筆
深入黑夜的語言
給很多明天調色
顏色在槍桿上彩繪
在彈膛裡尋夢
街頭，寧靜的午夜有風暴
沿著十二歲的賣相
一路踩躪而來
停留在
你的調色板上
滴滴答答敲打
你的頭
痛了，那種針刺的感覺
從情思，到總統競選，到
十二歲沿街叫賣
七十年代初的肉香
你的憂鬱
遂成形於
四支不同口徑的手槍
增強的肌肉
忍受的耐力
靶場上的射擊

你是今夜的
狩獵者

　　　　　　　　　——2012年4月5日

 電影說明

　　《計程車司機》（Taxi Driver）是好萊塢名導馬丁・史柯西斯（Martin Scorsese）的作品，榮獲多個電影獎，包括全美影評人協會最佳導演、最佳男演員、最佳女配角。故事講述年輕的紐約計程車司機因不滿通街都是垃圾人類，決定替天行道，做一個清理垃圾的「街頭英雄」。

大藝術家

無聲的光影打造
二十年代的魔幻登上銀幕
曾是萬眾翹首的追逐
逐一逐一留下褪色的記憶
沉默始終鬥不過聲聲入耳的現實
萬花筒的世界聲色犬馬眾生相
樣樣從聲音中爆發引力
夢裡的追尋更迫近眉睫
世界一如踩在腳下的景況
影像如影隨形遊走身旁
一切脫離不了現實的
更逼真地走向光影
一眾一眾追逐光影的
更在回顧無聲的魔幻中
致永恆的敬意

———2012年4月7日

電影說明

　　《大藝術家》，或譯《星光夢裡人》（*The Artist*），是一部用現代技巧拍攝的默片，榮獲84屆奧斯卡電影金像獎最佳影片、最佳導演、最佳男主角等五項大獎。影片給電影歷史追本溯源，懷舊之情濃厚。故事講述默片時代的巨星佐治，曾協助女孩波比實現其夢想。後電影公司改變策略，打算進軍有聲電影；而佐治仍堅持其理想，投資拍攝默片，卻因此導致他一貧如洗。這時，波比出現並樂於伸出援手……

真愛一世情

情，瘋狂燃燒
在西部，在曠野，在牧原
在天，在地，在風雲
在手足，在印第安
在遙遠的戰地
在狂放的心底
沸騰的脈絡
翻越高山低谷
奔入巨流河
與兒時大狗熊的血
交匯心靈的剪影
一路斑駁相疊
成風、成雨
成蔭、成霞
最後燃燒
一團
孤獨的火焰
撲向
天
涯

老印第安說：
他是石頭，與
眾石，對衝

攜帶護法
歲月

而日本洞簫
漸漸
從飄忽不定
收起它的
心情

——2012年4月8日

 電影說明

　　《真愛一世情》，或譯《燃情歲月》（*Legends Of The Fall*），是一部充滿滄桑感而又淒美動人的愛情倫理片，曾獲67屆奧斯卡最佳攝影、1995年金球獎最佳影片、最佳導演、最佳男主角、最佳原創音樂提名。這是一個發生在美國西部荒原的故事，三兄弟之中的老二生性自由奔放、狂野不羈，從親情到愛情，他經歷人生的洶湧波濤，直到最後必須把自己流放給孤獨，以終結其生命。本片攝影優美，音樂繞耳不去，是必看的佳作。

鐘點戰

二十五年後，生命逆轉
一年的時間倒數
臂上的時間傷痕
在貧民區
打著生死訊號的燈

富者以時間囤積居奇
長生只因坐擁二十四小時倉庫
銀行置銅臭於垃圾場
通過時間的經濟學
收集生死數字

每個工作日
二十三小時酬勞成了續命補藥
通貨膨脹奔向天空
分秒之差的死亡記錄
憤怒與不公把復仇的火點燃
只有勇者，才看到狼煙

人道在時間邊緣失去味覺
他和她冒險與時間的巨擘博弈
時間大盜的心腸
盜亦有道

——2012年4月19日

電影說明

　　《鐘點戰》（*In Time*），是一部構思奇特的科幻電影。影片中的時間與貨幣無異，而人手臂上的計時器同時也標示著生命之長短。劇情講述在未來世界，時間變成最終的貨幣。人的壽命停止在第二十五年，要繼續存活則必須先賺取用來延長生命的時間。一次，一個窮困的年輕人不幸被捲入一起謀殺案中，他必須連同一名女孩，在生命的時間還沒終結之前，設法破壞操縱他們生命的整個體制……

那些年，我們一起追的女孩

青澀的果隨風搖蕩
樹枝張狂把成形的綠葉伸展
隔壁含苞的花欲語還羞
期望更大的震撼來自驟變的風向

那些年，澀味裡摻雜未經調理的色
香與味已經四溢
狂蜂只有一個飛撲的方向
期待蝶變的圓滿結束
即使你舉起九把刀，鋒利
架在頸上
他們還是以一貫的作風
搖蕩青澀裡的青春

那些年，記憶是一帖熬過火的中藥
澀中帶苦，滯留心湖的漣漪
所有曾經起自課室的風波
紛紛在各自的終點止息而去
青春裡的悸動
換來一幕幕
恍如昨日的夢境

——2012年4月24日

電影說明

　　這是臺灣作家九把刀自編自導的電影，描述不成熟的年少情事，入木三分。故事講述柯景騰由於惡作劇被老師處罰，交由好學生沈佳宜代為監視。後來柯漸漸喜歡上沈，對後者展開追求。高中畢業後，兩人為了一項活動而大吵一頓，自此各奔前路。多年後，同學們再相聚，結局已經不一樣了。

選戰風雲

一湖妖怪製造的琉璃水面
點綴人在亮光下最美的幻象
政治老手臥一隻虎藏一條龍
調理乍變無常的人性
在亮光下看不到一點黑影

政治的眼睛設法與新雀廝磨
決定某一瞬間是不是永恆
永恆的焦點落在一點良知以外
上刀山下油鍋未能證明
鐵一般的回饋

當琉璃水面不再滑溜
一個錯失的眼神將會掉入一湖渾水
幻影倏地脫離你身上所有資本
原以為精明的投入
只能淪為過度的透支
如何挽回一輪經濟效益
並非英雄本色可以站崗

有時漩渦就在亮光下
一湖的幻象模糊了一湖漩渦
你的新鮮嘗試想垂釣一點顏色
最頂尖的個人才智和力量

都沉溺在
永遠一片
摸不透的琉璃水面

　　　　　　　　　　　　　　　——2012年4月25日

 電影說明

　　《選戰風雲》（*The Idea of March*）是喬治‧庫隆尼
（George Clooney）演而優則導的最新政治電影。影片揭露
美國總統選舉中政客人性深沉黑暗的一面。故事講述史蒂芬受
聘協助總統競選，不久與團隊中的實習生茉莉發生感情，接著
又捲入對手陣營挖角的事件中，漸漸也讓他看穿上司與老闆的
真面目。

驚天換日

危險的境地玩的不是遊戲
馬戲團也要認栽的命
對著半天懸浮的路
尋找最後可以預測的終點

認命倒不如換上全副武裝
擺脫枷鎖有時必須加添更多籌碼
籌碼加在二十多層樓的窗臺上
一條僅容生命恐懼試探的窄道

眾生斗膽往上觀望，期待好戲連場
人性磨滅在觀賞馬戲的心情上
看那鈔票如雨紛紛落下
卻不是上帝助人降下的嗎哪

窗臺上自有一番裝飾的風景
而窗內也有一把揭秘的鑰匙
由外至內或由內至外
一種正義與清白的佈陣繼續展開

就在最保密的幽深處
籌碼加了又加另一種連線博弈
比諸窗內連番解密更需要清理

所有禍害的源頭鎖在隱秘之地
外加一顆陰險毒辣之心

現實從不遮蓋人性裡的烏鴉
扭曲的人性與姣好的面目手足已久
製造的假像並非放諸四海一尺量
警方的害群馬分分鐘將好馬暗中擊斃
天理最後現形作絕無討價還價的償還

——2012年7月11日

 電影說明

　　《驚天換日》（*Man on a Ledge*），故事講述一名前探員爬到酒店的窗臺上欲往下跳……警方聞風而至；而後他卻要求與警方的心理專家莉蒂雅見面。這是一部集懸疑、驚悚與冒險於一爐的犯罪影片，劇情緊湊，步步驚心，尤其火車撞向汽車的一瞬間，以及最後的高空一躍，慴人心魂！

一個人的遭遇

一個人，是一個人間縮影
戰爭，從來不從縮影中退去
生活，擺明是一攤被炸爛
無從辨識的臉譜
失去比能捕捉的，始終是
失血過多的空氣

劊子手，以冷漠對待藍天
以暴戾的氣候
製造瞬息萬變的場景
大地一直在尋找
燕麥田裡
人體十字架的救贖
就在極度耀眼之處
驚見希特勒的嘴
吐出一整排閃閃發亮的牙齒

苦，不止是俄羅斯要掛上的風景
一個人一路上走過
許多家、國；人、心
一整排一整排
難以整理的臉譜
從零碎的記憶中抖出

慢慢理出了這一代
失血過多的記憶

　　　　　　　　　　　　　　——2012年9月10日

 電影說明

　　《一個人的遭遇》（*Sudba cheloveka*）是一部黑白蘇聯
影片，獲1959年莫斯科國際電影大獎。故事講述二戰期間，
曾是蘇聯紅軍的索柯洛夫再次被徵召入伍，在一次空襲行動中
被德軍俘虜。他嘗試逃跑但徒勞無功，後來被送去石場幹活，
過著非人的生活……影片內容真實反映了原著的一個哲學思
想：任何事物都不能阻止萬物甦生。

金盞花大酒店

人生轉機可以在退休後成形
金盞花漂亮的宣傳外衣即使是空殼
有緣相聚就是夢想試探的開始
印度啊印度其實還包含更多哲理
亂象與生活相混未必永遠撲朔迷離
雙眼裡的老花有跳躍的年輕生命
對著言過其實的大酒店，放大了望遠鏡
就像美麗的愛情，必須去獵取
晚景與青春可以互為激素
金盞啊處處可以花開，轉機
即成名副其實的最具
異國風情的金裝大酒店
印度啊印度可以隨時脫下外衣
露出貨真價實的身體

——2012年7月18日

 電影說明

《金盞花大酒店》（*The Best Exotic Marigold Hotel*）是一部以印度為背景的好萊塢影片，故事講述七個退休老年人為印度某酒店的宣傳所吸引，不約而同住進該酒店，方知酒店情況與宣傳不符。無論如何，發生在酒店和他們身邊的事卻逐一改變了他們的人生。幾個老戲骨在影片中互鬥演技，相得益彰，應是本片最精彩的部分。

冷光線索

冷光乍現
海上粼粼光影
那感覺，冷嗖嗖，即從海面
飆離
衝擊防堤，以及
每個白晝籠罩之地
在那裡，你投入的圈子
蒸騰一股殺氣
回旋，分秒，入侵苦苦的焦慮
冷光，鑽進白晝的瞳仁
如電，驅使，殛死你的方向
原來預謀，匿藏龍頭
正義被暗殺，把罪移花接木
自己人寧為一箱子機密
而玉碎
原來暖光，就藏在密封的箱子
而白晝，必須鑽進聚冷的空氣
——解放
即使遍體鱗傷
而後的那些陽光
鐵定無私
供奉

——2012年10月17日

電影說明

　　《冷光線索》（*The Cold Light Of Day*），故事講述一名年輕商人的家人在西班牙被人綁架。他在援救家人的過程中揭發一個隱藏於政府之間的大陰謀……這是一部拍得頗為緊湊的諜匪片，幾場追逐戲，不論是人追人還是車追車，都頗有看頭；演員的落力演出，亦使一個平凡的故事生色不少。

鐵達尼號

風，窒息在大洋的臉龐
冷，止息於豪華的廳堂
愛，緩緩感覺到
如電一般流遍
美麗的故事在船頭以雙手飛翔
尋找自由的投向

暗流，從不遠處潛泳
榮華富貴，一切虛浮的救贖
如大洋的臉龐，平靜
卻流淌零度的氣息
人性尋求突破
在一路的航向中，不停尋覓
必須以鐵般的意志，一股燃燒的愛意
把零度的空氣，解凍

風，窒息在大洋的臉龐
大洋，打著極冷酷的呵欠
伸展它的有意，四面八方猛碰
一切的遇合與不幸
如預謀般一擁而至
粉碎永不沉沒的預言
粉碎第一次與大洋的親密對話
卻粉碎不了船頭故事裡心的依活

窒息的大洋，老早就把不甘的寂寞
放在自家的臉龐上，極度擴張
以它一次倏然的憤怒
探測恐慌的流向
沒有一個可使大洋轉頭的方向
沒有一個可使不沉的事實轉航
歷史，在過於自信中留下遺憾
愛，卻在一連串的堅持中
完成最後的救贖

——2012年10月22日

 電影說明

　　《鐵達尼號》（*Titanic*）是大導演詹姆士・卡麥隆（James
Cameron）的傑作，榮獲1998年奧斯卡最佳影片、最佳導演
等十一個獎項。它借歷史沉船事件把虛構的愛情故事搬到巨輪
上，愛情的追逐、纏綿以及沉船的諸般鏡頭，拍得精彩萬分，
已成經典。故事講述1912年4月10日，巨輪鐵達尼號作處女航
行。窮困的年輕畫家傑克（Jack）贏得船票，在巨輪上邂逅
蘿絲（Rose）——一個已經有了婚約的上層階級女孩，兩人
感情迅速發展。然而，誰也料不到這竟然是鐵達尼號第一次航
行，也是它最後一次航行……

月昇冒險王國

月亮昇起，朦朦一片
黑雲與閃電，甚或突臨的風景
都是山雨欲來
匿藏於醞釀中的苦澀
成年人的咖啡，加糖才入口味
生活愁困在現在與過往的苦中
孩子要一杯鮮奶，固守現在
海闊天空，野外就是調味品
坐困不像家的家與坐困愁城沒兩樣
孩子心靈放不進大人的模子
月亮昇起，必須還原它的面貌
童真與童心，必須皎潔
一如野外的天空
那裡的王國如童話
述說一段兩小無猜的故事

————2012年11月2日

電影說明

　　如果你有看過動畫片《超級狐狸先生》（*Fantastic Mr. Fox*）的話，你一定對導演魏斯·安德森（Wes Anderson）留下深刻印象。《月昇冒險王國》（*Moonrise Kingdom*）是其最新力作，拍得古怪幽默，從童心出發，觸動的卻是成人世界的苦澀和辛酸。故事講述山姆（Sam）和蘇西（Suzy）這一對小戀人因各自面對的問題而決定離家出走。他們往曠野的方向走去。一群人包括島上的警察、童軍領袖、蘇西的父母和山姆的童軍朋友們忙著尋找他們。而這時，一場大風暴即將襲擊當地……

小城之春

畢竟是一座小小的城
春天壓抑
難以解脫的煉獄
一堵破敗的牆
把道德關住喘息
過去的，急於尋找透風的空隙
迫切的那一口，卻始終噴出
依舊是茫然的重味
當夾在生死迴光之際
她與他
恍然於一則
必須重新鋪陳的故事
海天
闊闊

　　　　　　　　　　——2012年11月4日

電影說明

　　《小城之春》，1948年拍攝的中國黑白影片，導演是費穆。故事講述少婦周玉紋與丈夫戴禮言彼此相敬如賓卻無感情可言。禮言在戰爭中失去家產，無勇氣面對現實。而這種平淡無味的生活一直維持到某日，一個青年醫生闖入他們的生活為止⋯⋯本片故事唯美，人物只有五個，演繹自然，影片把壓抑的感情與道德的約束表達得淋漓盡致，短短九十多分鐘的故事，牽動你我心弦。它雖是早期電影，卻是經典之作。後來雖有人將它重拍，但新不如舊。

午夜牛郎

冷，在街市裡流竄
午夜後散落一地
被踩踏的牛仔影子
舞男的衣裝裡，依然
空蕩蕩
兀自追逐
紙不醉金不迷淘不到
熱騰騰的一頓氣息
燈影分崩離析
將西部的夢，顛覆
一雙一拐一拐的腳
冷不防把凝結的空氣，變異
同是一個天涯吧，淪落兩個
天天啃著黃金入夢的人
用牙縫留住唾液
留住明天
在咫尺之處的天涯

天涯原來是在
邁亞米──
未竟之渡

　　　　　　　　　　──2012年11月11日

電影說明

　　《午夜牛郎》（*Midnight Cowboy*）曾獲奧斯卡電影金像獎最佳影片、最佳導演等獎項。影片描述以牛仔打扮的巴克往大城市淘金，在追求舞男的美夢中結識落魄潦倒並帶病在身的拐子里索，兩人在窮困中相依為命。後來巴克靠欺詐獲得一筆錢，準備帶里索往南部過溫暖的生活，誰知里索卻在路途中病重而死。

沒完沒了

錢從來不生眼睛
人情稀薄更被壓在銅臭之下
有人抓住你的弱點
把「拖」字的尾巴拉到天邊
天失色的雲彩瞬間被烏雲吞沒
一隻猶豫的手被逼大膽伸出來
用過份的想像織成綁架的繩子
腦滿腸肥的對手，與你
決定大膽伸出的手
拉扯成憤怒
沒完也沒了的拉扯
拉扯出
小女子的真情流露
途中結伴，結成
新的轉捩點
山高水遠，也要
回轉頭
因為人情冷暖的探測器
打從真相裡
探出你
真正的體溫
遠遠超越
一股銅臭味

————2012年11月22日

電影說明

　　《沒完沒了》是馮小剛導演的作品。故事講述出租車司機韓東在催旅行社老闆阮大偉還錢不遂後,將其女朋友劉小芸從醫院裡接回自己的家,聲明只要錢到手,必把女朋友送回。然而事情的發展往往出乎意料之外,最後卻演變成劉小芸與韓東共同策劃對付阮大偉。影片以無厘頭綁架事件帶出人情的真偽,以及遭逼迫的小人物逼於無奈的抗爭。故事充滿戲劇性的幽默感,值得觀賞。

小武

從「小」裡活出
所謂幹手藝的生計
「武」，在缺陷中失色
蹓躂，無間斷地蹓躂
蹓躂中表達自我哲學
天空冷而空曠
樓房冷而旁觀
手中煙冷而張狂
腳的目的隨意而生
東西南北都是錯亂的方向
家，有處可歸亦無處可歸
遊魂攫奪他精力的旺盛
狀態比迷幻更深一些
愛情如那天空、樓房與煙
冷冷的距離只在他的張狂裡
熱了一點點
「武」就在「小」的缺陷中
扒不到一個屬於社會的分子
手銬銬住的
是眾人「活該」的圍觀

　　　　　　　　　　——2012年11月24日

電影說明

　　《小武》是大陸導演賈樟柯成名之作,海外得獎無數。劇情講述小武,身為城裡的扒手頭目,因為一個以前的「兄弟」而現在身分已不一樣的朋友,拒絕他參加婚禮而感到悶悶不樂。而後,他與妓女梅梅展開的戀情,進而也改變了他的命運。本片節奏非常緩慢,幾乎沒有娛樂性,但勝在寫實,刻畫遊手好閑不知悔改的扒手心理,入木三分。片中演員都是非職業演員,演出生活化。

愛上羅馬

更多的情節鋪陳
羅馬的白天夜晚古色今香
無巧不成書是一廂情願的佈局
各人所愛卻另掀新章
男女戀情與古色有時
未必琴瑟和鳴
倒是淋浴室歌手
飆歌飆到天庭
退休老人獨沽一味
造就偶然的遇合
千載難逢一次
帶著「花灑」昂然投入
萬花筒的表演舞臺
人生際遇有一台特設的望遠鏡
可以把羅馬的古色看成今香
熙熙攘攘的人間
把羅馬獨有的氣息
烘托成愛的圖騰
處處可以銷魂

——2012年12月11日

電影說明

　　《愛上羅馬》（*To Rome with Love*）是名導演伍迪・艾倫（Woody Allen）編導的喜劇，影片分述幾個故事，以淋浴室歌手一舉成名的故事最為吸引人，看他在舞臺上表演的那一幕，不覺莞爾。

聽風者

科學怪犬

維克多的傷逝在史柏祺的屍身駐守

駐守老師的死青蛙試驗喚醒一個可能的夢

夢一線生機在試驗裡尋真理

真理在電擊中比老師的青蛙更神奇

神奇裡的史柏祺忽從墳墓裡跳出

跳出四周與童真與試驗貫通

貫通試驗裡追求動物的復活與科學展覽的競技

競技與炫耀一下子模糊了試驗裡的童真

童真在死裡復活的脫軌目的中被升級為私慾

私慾在各種死去的寵物身上紛紛躥出

躥出維克多的心理根據與對愛犬的試驗方式

方式使史伯祺的靈在科學的軀殼裡合一

合一科學裡的史伯祺是最高層次的信仰

信仰化為救人救難的靈肉結合

結合為人性的科學鑄造偉大的救贖

　　　　　　　　　　　　　——2013年1月14日

 電影說明

　　《科學怪犬》（*Frankenweenie*）是好萊塢天才導演提姆·波頓（Tim Burton）的黑白科幻動畫片，故事內涵與拍攝技巧可圈可點，是一部不容錯失的影片。劇情講述少年維克多（Victor）進行一項科學實驗以便將已死的愛犬史柏祺（Sparky）救活，然而在過程中卻意外地給他帶來許多可怕的麻煩。

南方野獸樂園

一種誓死滯留的情懷
在浴盆將消亡的土地上
曾經的節日狂歡和人情眷戀
一如小女孩夢裡的尋覓
阿媽苦苦在，在那旱地之上
等待一個圓滿的懷抱
而雪融逼出暴風雨的
末日預言，以及
史前怪獸，步步進駐
阿爸把僅有的一線希望，緊急
輸送到漂流的水上，或泥潭中
跨越死亡的長線
在將逝之際，一切
生的鬥爭，即使只可吐出幾口氣
必須是尚存的，在絕處裡突圍
浴盆，不再是可以讓人輕鬆沐浴
一切大自然的追蹤與絕殺
勢必把盆地的路徑堵塞
唯獨小女孩的遠景裡
卻有堵不住的大缺口
缺口上有至親遺留的吻痕

————2013年1月15日

電影說明

　　《南方野獸樂園》（*Beasts of the Southern Wild*）提名角逐第85屆奧斯卡最佳影片和最佳女主角。女主角葵雯贊妮‧華莉絲（Quvenzhane Wallis）演此片時只六歲，如今九歲多，成為影史上最年輕影后候選人。影片故事主要通過一個小女孩的眼睛，透視在世界邊緣一片面對環境災害的土地上，一個家庭如何在絕境中掙扎求存。

地獄新娘

人間世千千萬萬的束縛如鎖鏈
真愛有時也給世俗套索不能飛越
陰間描繪如熱鬧的人間充滿情誼
一失足墜落如孔雀掉進滿人氣的深淵
那是異類，也有未了的人間情愫
蠢蠢的意念如魚鉤，釣竿隱身一旁
長長伸向不如意的人間世
釣一釣，遠離姜太公的意念
跟政治跟宏大的胸懷沒關連
陰間沒特別的束縛，自由任意翱翔
一勾一搭，只要情願，希望結束等待
等待結束後期盼一場天真的補償
畢竟，殊途找不到同歸的路
第一次真愛還留在人世間
千千萬萬的牽掛把殊途拉扯得更遙遠
人間世即使有千萬束縛如鎖鏈
最初的愛戀才是脫綁的七夕等待

——2013年2月28日

 電影說明

《地獄新娘》（*Corpse Bride*）是2005年由鬼才導演提姆‧波頓（**Tim Burton**）精心攝制的動畫片，影片以一貫的陰森色彩佈局，但並不恐怖。故事描述陰間女孩纏上人間失意小子，到最後卻反過來撮合對方，使陰間也散發一股「人情味」。

聽風者

風聲緊鎖雙耳，必須以寂靜敲開
聽風從五個方向傳來，以「重慶」的身分
越過醫療後的雙眼。眼，留下亮光
在重重的聽覺上，敗下陣來
再聽風，竟把一個優秀的偵查員推向絕處
血腥殺戮後的省思，必須找回
最初的神奇。聽風的准確，是殘傷的代價
必須強力付出，讓真正的寂靜再度敲開
心靈與密碼的組合，從臺上步到臺下前方
從抽絲剝繭，以致寂靜變為場景
變為一張張組合「重慶」密碼的臉孔
所有的包抄與槍聲過後
聽風，風裡掠過復仇的快意
一如那，那風過蘆葦
內裡傳來一陣陣切割的聲音

——2013年2月6日

 電影說明

　　《聽風者》是一部中國諜戰片，故事發生在中共建國初期，中共與臺灣國民黨特務展開連場暗戰，破除密碼的人身負重任。梁朝偉飾演聽覺超凡的盲者，陰差陽錯被捲入國、共諜戰，最後協助共方鬥垮敵人。

浴血任務

敢死的意願潛伏小島
獨裁濫權在島上如刀鋒遊弋
海與浪畏縮成密不透風的景
只有情報從真相中突圍而出
幾個所謂好漢，突破海水的封鎖
潛入真相的底層如入鬼域
密密麻麻的死亡陰影網般圍剿
敢死，就是在死亡的邊緣探索
讓暴力攻擊暴力，成勝利的爪
敢死，就是在所有的陰影中
讓智慧與策略合謀製造殺戮
天空暫時脫離了海闊
翱翔暫時脫離了自由
一些想衝天的鳥必須帶翼療傷
甚或轟然與暴力齊墜地上
當最後一輪刀鋒忽引發最為火爆的鏡頭
敢死，才算浴火重生

　　　　　　　　　　　　　——2013年2月9日

電影說明

　　《浴血任務》（*The Expendables*）為席維斯・史特龍（Sylvester Stallone）自導自演的冒險動作片，除鏡頭火爆打鬥精彩引人之外，餘者乏善可陳。幾個主要演員如史特龍、李連傑等都呈老態，還扮成打鬥英雄，看了可有點不是滋味。影片故事講述一組敢死隊的隊員，受僱遠赴南美洲，去除滅某國獨裁統治者和叛逆的CIA成員。

浴血任務二

生死鬥爭必須設下最少一個死亡陷阱
把最有限的正義代表用槍口埋葬
接下來的情節才有如過山車
心臟倒懸欲從口中躍出
猶勝於沐浴在槍林彈雨中
鬥猛鬥狠的故事要把近黃昏的景色重整
希望無限好的年輕豪情重投懷抱
昔日身手忽然如神來之筆
再以各種包裝把它無窮壯大
觀眾陽剛的口味只留下一點女性唾沫
戲院仍會爆出連連尖叫
銀幕上的皺紋變成再造英雄的像
上面塗寫多年前仍有所虧欠的夢
那是歲月與錢囊都感羞澀的故事
還是最怕被頻患失憶的人們遺忘

——2013年2月11日

 電影說明

　　《浴血任務二》（*The Expendables 2*）多添幾個老態龍鐘的昔日銀幕英雄，在一片猛轟濫炸中尋找失去的光輝歲月。看垂垂老矣的猛男還不夠，加一兩個美女俊男吧，調調味也好，太老太陽剛怕觀眾吃不消。電影故事走不出死胡同，講述敢死隊再次受命完成另一項艱巨任務，然而在深入敵境的過程中一名成員不幸被殺，因而激起眾人心中復仇的怒火……

消失的子彈

把主謀裝進子彈裡
以幽靈作證據
裝進子彈裡的主謀得以壯大
車馬炮以及等而下之的走卒
個個都是試驗場上的梯子
梯子疊得越高
等待抓緊攀爬的機會就越快
主謀在骨頭裡爭那變相的氣節
製造的假像可以如天衣看不見縫
卻不知被子彈洞穿的軀體
其實已經從洞孔中透露了天機
天機躲不過蛛絲馬跡的尋索
最後誰是英雄誰是狗熊
不是取決於誰的子彈最快
而是取決於誰更能凸顯骨頭裡的正氣

把主謀裝進子彈裡
消失，就是唯一破解
通往幽徑之鎖

——2013年2月11日

電影說明

　　《消失的子彈》被《亞洲週刊》選為2012年十大中文電影之一。故事講述北洋軍閥割據時期，某兵工廠子彈失竊，之後廠裡發生連環槍殺案，卻找不到彈頭。新任警官連同一名年輕幹探負責尋找證據追捕真凶。影片劇情緊湊，懷舊氣氛濃厚，謎底更引人入勝，值得觀賞。

過客

從記者身分調換
一個商人從北非的荒漠走來
前身的束縛，以自由的代價粉碎
粉碎後的身分是異化的孤立
開始遊離，遊離於生活以外
遊離於過去一切的不順遂
另一人，全新「自己」的概念
重生於另一國度
要把以前對「生」的厭倦
——在新天地裡埋葬
而，如影隨形的現在
錯綜複雜的一個「自己」
用更長更堅固的鎖鏈
把自己的寸步，緊緊鎖住
逃亡，是第一次死亡的後續
在自由中掙扎著不自由
新的生活，再度陷入
無法逃避的強制力
最後以一具
誰也不能辨認的屍體
呈上第二次
死亡的結論

——2013年3月1日

電影說明

　　《過客》，或譯《職業：記者》（*Profession: Reporter*），是義大利電影大師安東尼奧尼（**Michelangelo Antonioni**）的代表作之一，攝製於1975年。劇情含蓄，表達深奧的人生哲理。這是導演拍戲一貫的手法。看他的電影，非用心看和思考不可。影片故事講述一名記者在北非執行任務時，遇見一個突發身亡的男人，其長相很像自己，於是決定與那人交換身分，以此逃避麻煩。誰知，當他開始與一名年輕女孩交往時，奇怪的事接二連三地發生了……

性福特訓班

三十一年後，關係橫陳在平行線上
感情恰似寒風抖擻，在各自的床上凝固
兩座山
堅硬地遙遙相望
冬天意料之外早臨
春天踢踏在天涯
人人說，愛情必須在四季裡長跑，以整身的熱
女人倏地腦裡像吊掛著激情，七零八落
終於落在，聽說可以叫小鎮春回的捕手
垂下心事的男人從塵封裡把記憶掏出
對准了鑰匙，始能打開迎春的一扇門
春天的腳站在窗前
漸漸踢出一點光彩
三十一年或更持久的廝磨
只要盟約的燈未熄
適時充電
天涯，頓成咫尺

——2013年3月9日

電影說明

　　《性福特訓班》（*Hope Springs*）是一部家庭溫馨小品，
描述一對老夫老妻如何從漸漸疏遠的關係中重燃愛火，爭取幸
福。兩個老戲骨梅莉‧史翠普（Mary Streep）與湯米‧李‧
瓊斯（Tommy Lee Jones）飾演的老夫老妻演來絲絲入扣，相
互迸發美麗的火花。

飲食男女

一桌菜，一家人的問題
牽引一家之主的心情
三個女兒，各菜入各口，獨嘗其味
另有一盤菜，遠勝於人之大慾
各自醞釀在餐桌以外
的天地。各自延伸自己獨特
的口味。尋找屬於自己的菜譜
一個父親三個女兒，菜譜各具格局
從自身強烈的心理學出發
終於，有人被拋棄
有人找到了真愛
有人在別人的子宮，撒了種
所有的菜色與味道
從糾纏中分離又融合
把一桌菜與一盤菜
合成眾人最後的拼盤

——2013年3月14日

電影說明

　　《飲食男女》是李安導演的舊作，曾獲39屆亞太影展最佳劇情片，也獲選為1994年全美十大最佳電影。故事講述國宴主廚李老與三個性格叛逆的女兒同住，照顧她們的飲食起居。大女兒和小女兒最後找到真愛，相繼離家；最不能與父親相處的老二最後卻是唯一能多倍伴李老的人。而李老其實也已找到他喜歡的人，對方懷孕了。這個原本四分五裂的家庭最終得以再度團聚一起。

少年Pi的奇幻漂流

大洋的水把持不住流向
晃晃蕩蕩的空隙在人獸之間
演繹一場信仰與野性的較勁
穩住舵的是天也是我
大洋的水掀開災難啟示錄
流向在生死搏奕中往往靈光倒映
達爾文遺留機會，可以共享
惟須老天賜下一點憐憫，漂流
是災難的開始也是災難的結束
心靈從失去中逐步補償
人性與獸性的界限在逐漸昇華的境界裡
尋求慰藉，且薈萃為茫茫大洋上窮則通的智慧
一個已確定的方向在流蕩中追尋
即使漂浮島上暗藏風雲，天
與大洋裡的玄機可以按圖索驥
奇幻，匯合永恆的生機

——2013年3月30日

 電影說明

　　《少年Pi的奇幻漂流》（*Life of Pi*）為導演李安贏得85屆奧斯卡電影金像獎包括最佳導演在內的四個獎項，風光一時。影片藉男主角印度少年Pi於船難中在大洋漂流，以及在救生艇上與猛虎相處的故事，表達宗教信仰的力量與人的智慧如何戰勝困境，隱含某些人生哲理，值得省思。本片攝影奇麗，堪稱一絕。

亞果出任務

德黑蘭衝牆的吶喊淹沒美國大使館
六個美國人的命運只能走在一條鋼索上
他們說，虎穴，不入焉為虎子
阿果的電影劇本僅僅探測一使命
從入虎穴到踏上那條鋼索的激烈搖晃中
每呼一口氣必須衡量四周看不到的底
政治隨時橫裡殺出一把獸性的刀
就這麼一把刀就夠了，足夠回應所有衝牆的聲浪
阿果歷經的途徑，遍地都是黑色蘭花把理性埋葬
假戲必須演下去，把死的劇本變為一條條逃亡的路線
從虛擬的大銀幕收集零星的情報
變為一幕幕驚心動魄的命運衝刺
在德黑蘭，在一切反美的癲狂攻略裡
六條人命如關在鐵籠，籠子緊緊以黑布遮蓋
耳目則在風聲鶴唳的空間裡尋隙遊移
一個個準備在劇本裡尋找活氣的演員
把真正演戲的細胞揮灑得如潑水一般淋漓
亞果的任務終於從死裡復活
在離境的飛機上，一起把原封不動的劇本
交給飛翔的天空去閱覽

　　　　　　　　　　　　　　——2013年4月15日

電影說明

　　《亞果出任務》（*Argo*）其實只能算是一部拍得中規中矩的政治影片，論整體表現，比不上同期的《00：30凌晨密令》（*Zero Dark Thirty*）、《少年Pi的奇幻漂流》（*Life Of Pi*）或《林肯》（*Lincoln*）等片。它能夠獲頒85屆奧斯卡最佳影片獎項，實際上是拜大美國主義所賜。觀罷此片，心靈並沒有深深觸動的感覺，影片描述的只不過是一次比較意想不到的救援行動造就多一個不必流血的美國式的英雄罷了。

王的盛宴

盛宴不是常人的口腹之爭
一個碗一個碟或一個酒杯
裝的是朝代盛衰的劇情
一場戲放在現實的舞臺上
心思與圖謀，要分清
角色是友還是敵
透過運籌帷幄的超級伎倆
看天下在臺上，舞出項羽還是劉邦
先入咸陽，已退居舞臺一隅
盛宴不止是鴻門掛帥
盛宴以後，還有更多的盛宴
韓信，你怎能與
鴻門無關？
你怎能不赴，另一場
王的盛宴？

——2013年5月15日

 電影說明

    《王的盛宴》是大陸名導陸川的最新作品，改編自楚漢相爭故事，著重點在鴻門宴，以及另一場終結功臣的王的盛宴。鴻門宴的劉邦逃過一劫，漢初淮陰侯韓信所赴的盛宴卻難逃一死。

藥命關係

藥性進駐人性的圍牆
製造迷離境界
誰是受害與受益者
副作用的暗語必須抽離
從蛛絲馬跡中尋找謊言的根底

抑鬱病人的謊言在利益中衝刺
迷惑於慾望的權威世界
人性被一點一點勾魂而去
留下的副作用，攀山越嶺
尋找試驗的管道

背後操縱的藥性襲擊
從圈套中網羅倒楣的獵物
他，忽然陷落在一片謊言的真實性
必須及時轉移
所有副作用，從有藥性到無藥性
以反擊回饋

回饋性的復仇計畫
源自制度的掛一漏萬
製造另類迷離境界
把人性暫時轉移
進入副作用的另類暗語

無須抽離而去
所有蛛絲馬跡都是復仇的快意

——2013年7月6日

 電影說明

　　《藥命關係》（*Side Effects*，即副作用的意思）是大導
史蒂芬‧索德柏（Steven Soderbergh）的電影。故事描述精
神科醫生班斯給抑鬱女病人服用某種抗抑鬱藥物，藥物引起副
作用令病人犯下嚴重罪行。在班斯追查之下，發現事情背後另
有內情，決定採取反擊行動。本片有意想不到的劇情發展和結
局，是一部精彩的驚悚電影。

北京遇上西雅圖

她用金鑰匙鎖住未來
資財與懷孕放在平臺上
足夠從北京圖個西雅的泰山
只露聲的男人用銅臭建構責任
而到處露臉的司機，用滿臉胡碴
匿藏責任的祕密
當金鑰匙發誓封閉話語出口
滿臉胡碴卻把故事一一嘔出
兩個落魄的靈魂在西雅圖的一角，憂鬱
不論是北京遇上西雅圖
抑或是西雅圖接待北京
異國情調無可避免一再尋機
到底，把一頁頁舊賬狠狠撕去
重新探索感情的地形
一條線萬里追蹤雲和月
在西雅圖日與夜的空隙
意外補綴一個天漏的巧合
萬般失落之後
銜接全新的去向

——2013年7月26日

電影說明

《北京遇上西雅圖》（*Finding Mr. Right*）是一部清新可喜的愛情小品，劇情講述文佳佳懷著肚裡的孩子，隻身來到西雅圖，然而她的情人老鍾一次又一次食言和失約，導致她必須依靠一直為她服務的司機法蘭克（Frank）……電影有一個相當好的劇情架構，自然不煽情；而飾演女主角的湯唯，頗能掌握女主角的心理變化，形象討好。

索命記憶

記憶的瓶子在重拳之下
只剩一點空氣彌留
名畫的蹤跡在瓶子裡莫名消散
催眠輔導的意圖，從戒賭
到戒除兩性交往之痛
必須掏空，直如瓶子的空蕩蕩
沒有絲毫流落的痕跡依據
而偏偏現實的瓶子
給一些窮追不捨的手
從追蹤名畫的下落中
猛力搖晃，輔導師試圖
追補瓶子漏出的空氣
還要加蓋一個必須的塞子
痛苦的抉擇，是逃難的途徑
名畫、心理與性變態
以及記憶裡的空瓶子
都是最後
償命的線索

　　　　　　　　　　　——2013年8月7日

電影說明

　　《索命記憶》（*Trance*）的導演丹尼‧鮑伊（Danny Boyle），之前曾以一部《貧民百萬富翁》（*Slumdog Millionaire*）獲奧斯卡最佳導演獎。本片是他繼《127小時》（*127 Hours*）後的新作。故事描述拍賣師西蒙牽涉在一起名畫的失竊案裡，卻因頭腦遭受重擊而失去記憶，同謀者連同心理輔導師想盡辦法從他身上套取線索，而輔導師與拍賣師以往的關係使事情更形複雜。論劇本、演員與導演的表現，本片並沒什麼令人感到驚喜的地方。）

夜刑者

一種罪，在我的體內歇息
一種罪，卻在我的窩裡
撞破頭顱
近在眉睫的狼嚎
在鋼骨森林裡，標榜為律法
善念與復仇，可以並存
在我的軍事哲學裡已有存案
修女，從過去的夢魘裡揀拾自己
我，卻從現在的夢魘裡
找回軍人的一座山
而牙與牙必須猛烈碰撞
而必須於猛烈碰撞中收集血液
於是街頭，爆出拳拳如火藥
炸裂衣裝內
最汙穢的構想
於是鋼骨森林，目睹人影如炸彈
把一隻鬼炸落在
樓下三千尺
於是一張破爛的臉孔
把一台台正法的機器
從四面八方的叫囂聲中
導引而來

——2013年9月28日

電影說明

　　《夜刑者》（*Hummingbird*）是一部由打星傑森‧史塔森（Jason Statham）主演的片子。此君向來主演二流片種，此片也不例外，表現一般。故事描述軍人出身的祖爾流落倫敦街頭，親身經歷被惡人欺負的苦況，後認識一修女，兩人建立良好關係，而祖爾也決定為一位被惡人處死的女朋友復仇，以還正義一個公道。

大亨小傳

階梯上的風雲
醞釀於浮華奢靡的劇情
倒塌前的樂遊原
閃亮的愛情條然浮現
在蓋茨比的豪華裝配裡
成了發鏽的零件
一道道腐化為攀爬階梯的光景
盛裝神仙虛況
來自遠處的藍色光影
如夢似幻，如生似死
在沉沉深深幽幽閉塞的夜空
如紗布包裹，如重疊濃霧
玩弄風滿樓千萬個浮動的心
主人翁也罷，女主人也罷
綠葉也罷，旁觀者也罷
追夢與神遊
與笑與淚，與煙與露
糾纏而散，終要散去
藍光終於消失，即使小說封面
大大寫下「了不起」的字眼
時間一輪迴，人生一轉向
誰不是，輸，多過於贏
階梯上的風雲

——2013年10月10日

電影說明

　　又一部經典小說搬上銀幕。《大亨小傳》（*The Great Gatsby*）曾數度被拍成電影，而這一次配合新科技展現，效果非比尋常。本片勝在有一個動人的故事，同時把經濟大蕭條之前美國社會追求奢侈豪華的生活做了一個全景的縮寫，令人目不暇給，大開眼界。主人翁蓋茨比以豪華排場追求真愛的手段，令人歎為觀止，可惜啊，人不如願，悲劇就是他的下場。

里斯本夜車

徹夜難眠的軌道
承載一個夢，文字記載
煉金師的短暫記憶，化為
春夢一場

軌道上
一路的痕跡，漸漸清晰
阿瑪迪的醫術，也是人生的藝術
檢驗人世間有無轉圜的餘地
那個年代的革命，清除不了
個人心裡的淤塞
必須以分離，以身亡
讓人間默默
並在萬般痛苦的思念中
收拾殘局

徹夜難眠的軌道
轟隆衝出
唏噓中的碎片

　　　　　　　　　　——2013年10月19日

電影說明

　　《里斯本夜車》（*Night Trian to Lisbon*），是一部充滿心靈感動的電影。故事講述教師雷蒙因無意間獲得《文字煉金師》這本書，深深被裡面的文字吸引，決意乘搭火車去尋找書裡的真相，因而得以一層一層揭開書中主人公一生的傳奇故事，也因此為自己打開久已封閉的心靈。此片有濃厚的文藝氣息，是一部耐看及令人回味無窮的電影。

麻辣嬌鋒

一肥一瘦
一真暴一假蠻頭
以草韌的格調，烘托
過山車的景
人情在追蹤的線索裡
慢條斯理地凝聚
一點一滴人性的品味
最後濃濃像一杯白咖啡
加不加糖已無所謂
根植在警界的花開了
等待結成果實的時機
累累，堆積在心底
到收成，到名字真正
擺放在品牌上
眾人才恍然於
一朵朵花開的啟示
不在於前頭的花式
而是在於後頭，後頭
超越雄性激素
一種辣手與韌性的催生

——2013年11月4日

電影說明

　　《麻辣嬌鋒》（*The Heat*）是一部搞笑式的好萊塢警匪片，裡面有非常美國式的粗俗語言，劇情一般，利用一肥一瘦、兩個性格相異的女警追蹤毒匪的過程製造笑料和高潮，這類片子似曾相識，若不是有珊卓·布拉克（**Sandra Bullock**）落力演出如傻大姐般的角色，相信也不會有多大吸引力。

移動迷宮

玩命關頭6

有些車子載動人性飛馳
有些車子載動友情飛馳
有些車子載動法律飛馳
罪惡、正義、速度
在輪子上滾開
一趟的賭注，下在哪一個棋子上
正義設下棋局
橫衝直撞有一定的路線指示
曾經的罪犯把命搓成四隻輪子
以飆風再起的激情
豪飲風向的指標
以及與道路結盟的胸襟
彎彎轉轉的城市構圖
一飆即成永恆
一個永恆伸向正義
一個永恆伸向死亡
催傭兵集團用火爆的激情
炸開一個個正義的夾縫
把罪惡填滿洞開的胸膛
人性、友情、法律
在輪子上滾開
成模糊一團的肉醬

——2014年2月14日

電影說明

　　《玩命關頭6》（*Fast & Furious 6*）是這一系列影片的第六集，描述一眾的賽車手重新合作，與新崛起的國際僱傭兵犯罪集團鬥智鬥力，當然免不了連場飛車追逐，也是這系列影片的賣點，精彩自不在話下。

濃情四重奏

四人的琴弦曾奏響天籟
合作的友情奔放在二十五年的咿呀聲中
而最後的拉扯
竟然力拔山兮而不能
大提琴的琴弦欲斷還續
歲月磨出病態的手勁
把一個組合推向山後一片烏雲
人際最難祭出天籟的節奏
中提琴、第一第二小提琴
師徒、夫妻、舊情人，一股腦兒
透露一段段病態的晚期
變化如山後烏雲的流徙
琴弦竟一根根脫離
剎那從現實裡往返尋覓
原來人生的聚散離合
是天底下最難奏響
長篇直透尾聲的樂章

――2014年2月25日

電影說明

　　《濃情四重奏》（*A Late Quartet*），劇情描述縱橫樂壇二十五年，受世人愛戴的弦樂四重奏組合裡的最重要成員大提琴手彼得因患上初期柏金森疾病，而使組合面臨解散的危機。在同一個時候，其他三人──夫妻和朋友之間的關係也出現巨大裂痕，如何挽救這個組合以及多年合作的友誼關係，已成了四人合作以來最大考驗。而片中演員，每一個在各自的角色中都有出色表現，無形中使這一部劇情簡單沒什麼高潮的影片生色不少，並吸引觀眾繼續看下去。

一路有你

路上風光轉轉彎彎
雖然山路難行總得越過崎嶇
崎嶇彷彿沒有盡頭
可能的歇息之處
一屋簡陋的言語和頑固
如山上隨時滾下的石頭
即使沒有驟然來襲的豪雨山洪
那一些些風滿樓現象
必也沿著山中乍變的風雲
仿如心情傾斜
兩種文化在山上直摔跤到山下
摩托車在路面摩擦的痕跡
從人語的嘗試交流中，煥發
一種摩擦後極力恢復的光亮平靜
或許路上必須有你
更重要的也有我和他的同在
人情世故在傳統裡生光
光亮裡把一路上的山川景色吸入豐滿
原來無盡的路途上，有一個
相同的語言，來自同一個關懷的聲音
千變萬化，化不了
永遠的鄉土，永遠的親情

———2014年3月1日

電影說明

　　《一路有你》打著全民電影的廣告亮相電影院，成為大馬本土電影票房之冠。它吸引人之處，在於其鄉土味十足，是道道地地的大馬電影，裡面有你有我有友族也有陌生的外族人的影子。人與人之間要互相瞭解已經不容易，更何況要瞭解一個文化背景完全相異的人。電影成功把大馬的多元性重新組合，讓我們感染到大馬的確是個能讓各族融洽相處又美麗可愛的國家。

鋼鐵墳墓

銅牆鐵壁的人生如一副棋盤測試
裡面一隻受命的金蟬
從觀察的縫隙間
捕捉掛一漏萬的對方形勢
脫殼，一種測試後棋盤再生的循環
由重重驚險構結而成
而更大的處心積慮，卻是
出乎意料之外的意外
人性乍變的意圖把銅牆鐵壁
硬生生再造，成一終生的煉獄
而所有應有的聲音，忽然
從人際間遁失
而所有應有的言語，忽然
自茫茫的大海上漂散
穩穩的海面迎風不起浪
隱隱的意圖天空沒有鏡子照
只有一面自己從苦思中掏出的鏡片
照出一點可以脫殼的點與線
原來也是有人刻意地穿插
把全盤的構想落足在
一個人的棋子上
脫殼後的金蟬

有友誼的手忽而突破楚河漢界
也有友誼的手永遠被關押將死

　　　　　　　　　　　　　　　——2014年3月4日

 電影說明

　　《鋼鐵墳墓》（*Escape Plan*）是一部由兩大動作巨星席
維斯‧史特龍與阿諾‧史瓦辛格（Arnold Schwarzenegger）
領銜主演的監獄懸疑片，描述越獄高手雷‧佈雷斯林（Ray
Breslin）受僱於某保安公司以測試各個監獄的安全性，在一
次受僱中，雷進入一個神祕莫測，用來關押國際恐怖分子的監
獄，卻發覺自己與外界完全失去聯繫，為了生存，他必須與另
一位囚徒合作，展開金蟬脫殼的自救行動。

海上求生記

大海解放食慾
一個浪頭一個元兇
一次無意的猛碰
讓他從破洞中
驚恐地觀望海的臉色
陰陰沉沉的玄機看不透
當帆影把沉重的心準備以水葬為祭
從他肚腹裡吐出的
是嗆喉的水和空氣
一尾從空中遊來的魚
把希望往深海重重一拋
留下還在懸蕩的浮圈在打轉
遠遠，茫茫的微光在招手
宇宙一邊在深海底下說前程
一邊一群群的遊魚如信差
把浮圈的新視野看成盛宴
卻以最貼近的距離
畫餅充饑

而一切盡失
只剩下魚，以及他
他僅有的呼吸

——2014年3月26日

電影說明

　　《海上求生記》（*All Is Lost*），一部從頭到尾只有一個人演出的電影，以類似紀錄片的形式描述一段海上帆船遇險自行救生的故事。主人公由已老邁不堪的勞勃‧瑞福（**Robert Redford**）飾演，沒有對白，沒有對手戲，因此也沒有精彩的演技可看。

總鋪師

刀光與血水
人、鬼、神的調味品

聆聽鬼最出色的演繹
一刀一刀的江湖絕藝
從緩急有致，乃至
戛然而止
莊子的逍遙
在細細微微之間
找到最原始的味蕾

而三種口味，在桌面浮遊
如魚，於得水處
骨碌
咽喉
腸胃是鋪得平平坦坦
血與水凝固的
琉璃鏡面

一眨眼
人、鬼、神
全疏通了

——2014年4月25日

電影說明

　　《總鋪師》是一部題材新穎的臺灣片,以式微的「辦桌」文化為主線,拍出充滿臺灣本土味道的影片,一亮耳目。電影是以二十多年前臺灣辦桌界三大紅人——一人、一鬼、一神之三霸帶出繼承人爭雄的故事,劇情雖有不合情理之處,但以整體效果而言,仍不失為一道可口佳餚。

自由之心

你的歌啊負載沉重的心臟
在棉花田裡溶解過量的汗水
傾訴身分的油鍋與刀山
十二年迷途中的認證
魔一般卡在喉頭
在棉花的漂白症候裡
潰散為四處飄零的敗絮

夢裡只尋求一次
一次回顧
僅此一次

卻觸動一整個屋架的構圖

原來，回顧
就從那兒
一板塊一板塊
拾掇

——2014年4月25日

電影說明

　　《自由之心》（*12 Years A Slave*）榮獲86屆奧斯卡最佳影片。它描述十九世紀中葉美國某自由黑人被騙成為奴隸的十二年慘無人道的生活，圍繞他身邊許多黑奴的命運也一樣暗淡，而生命無價的悲慘經歷，更令人心悸。本片主要男女黑人演員都有出色演出，而女配角露琵塔・尼詠歐（Lupita Nyong'O）更憑此片榮獲奧斯卡最佳女配角。

火雞反擊戰

心中燃燒著革新的火
要飛出1621年的天空
第一個感恩節留下殺戮的序曲
據說一刀切入，血跡留給後代嗅吸
枷鎖，製造一條鐵鏈
把每一代高蹺的腳
鎖在人類的腸胃裡

自由，要在火裡創造族群的奇跡
1621是老天刻意排列的數字
寄生在兩個被妄想擄獲的靈魂
腳和腦糊成一塊加速
讓妄想騎著雲彩奔騰而去
一個希望交托給奇遇
一如天際等待光明
有志者要把既定的乾坤
塗上感恩節
族群烏托邦的色彩

而1621之後
依然，人類的腸胃
留下被火燒過的氣味

——2014年5月24日

電影說明

　　《火雞反擊戰》（*Free Birds*）是一部以火雞為主角的動畫片，故事描述兩只火雞乘搭時光機器回去1621年的普利毛斯殖民地，希望趕在第一個感恩節之前阻止人類殺害火雞祖先以準備節日大餐……

特務殺很大

槍口下有時毫無餘生
餘生必須從家庭尋找
絕症的細胞在槍口繁殖
可在家的熱力裡解散
三日，他必須完成槍口的任務
對准每一秒的熱鍋，沒有
一個氣息流通，閉塞
全閉塞在槍口，在
每一個生死待卜的竅孔
而安全藥物的試驗
只有一個回力的秘訣
三日每一秒必須與
家的細胞鏈接
食物鏈無能裁決生死
精神鏈必須破釜沉舟
最後生還的底線
三日後解開，安放在
家的溫床上，延續

——2014年6月12日

電影說明

　　《特務殺很大》，或譯《三日刺殺》（*3 Days To Kill*），
故事描述美國安全局特工雷諾因患上絕症，決定放棄工作回頭
尋找離散多年的妻子和女兒，希望一家團聚。然而安全局並沒
有因此而放過他，反而以藥物延續他生命，並令他三天內完成
刺殺的任務。

奧瑪的抉擇

牆外臥著藍天還是黑雲
一堵牆把洞孔密封
跨牆的眼睛偷偷
思索藍天底下飄浮的陰影
如何改裝成晚間的黑雲
愛情必須比牆還要堅忍
胯下之辱橫跨愛情之上
黑雲是恥辱與復仇的殺手
在晚間把槍桿的嘴對焦
瞄準的不止是那堵牆
而是整個羅列變色的氣象
一邊的巴勒斯坦伺機爬牆
另一邊的巴勒斯坦暗裡操練
人道鑽進愛情的甬道
正義鑽進人道的藍天
那一堵牆，從有形
到無形，桎梏鎖心
唯獨一顆，沉思後
破繭而出的子彈
勇於洞穿
牆上一個洞

　　　　　　　　　　　　——2014年6月27日

電影說明

　　《奧瑪的抉擇》（*Omar*）是一部拍得不俗的政治融合愛情的中東影片。故事描述奧瑪，一個年輕的巴勒斯坦烘焙師傅，常爬越一堵隔離牆到另一邊找他心儀的女孩；晚間，他則與兩位童年玩伴扮演破壞甚或是恐怖分子的角色，對付以色列軍人。在一次行動中，他被逮捕，並答應對方成為線人，提供以色列需要的信息。而其中一位友人也同時愛上奧瑪心儀的女孩。政治追殺加上友情和三角戀，使劇情發展曲折，結局令人深思。

鋼鐵力士

愛情與力相隔一座山
使命從力裡拔高
長成宙斯的能量
抉擇：哪一個是大前提？
一座山必須被鏟平
一個使命，生命相連千里
重於泰山，輕於鴻毛？
放在掌上衡量
掌上的天平傾向一邊
公主的愛如泰山
天邊雲彩斑斕環繞
使命在雲彩裡迷惘

放逐、回歸
一隻巨腳必須踏前
另一隻巨腳必須跨越
而很多很多普通的腳焦急圍繞
跟隨巨腳的腳蹤
放逐、回歸
是推倒一座山的前奏
回歸後的巨腳把泥土踏實
一步一腳印
踏出宙斯的使命
以暴易暴，雲彩暫退一旁

等暴雨狂風過後
使命在斑斕裡
再造全新色彩

——2014年7月3日

 電影說明

　　《鋼鐵力士》（*The Legend Of Hercules*）是一部根據家喻戶曉的希臘神話拍攝而成的影片，屬於舊戲新拍。本片劇情平淡，看頭知尾，因此必須借助3D影像吸引觀眾。故事講述希臘神話英雄海力克斯（**Hercules**），被繼父陷害，流亡和被販賣為奴。然而來自愛情的力量，促使海力克斯必須利用他的本領反擊，以便奪回他應得的寶座。

冰封：重生之門

顛覆時空打開未來之門
四百年後的熱身運動
高科技是器材
重生必要調較生機
一樣的熱血
份量定格在古時模式
沸騰於現代的正義
必須到頂點
現代惡的能量
盤旋成飛機，衝天成大炮
槍彈呼嘯如轆轆的饑腸
食慾與貪念結成夥伴
山寨般打著通衢旗號
緝拿欽犯如太陽追逐白天
重生之後門已關閉
甕中捉鱉的遊戲
分分鐘倒進油鍋裡
鍋是曾經的兄弟
油是兄弟也曾經
從缺氧缺亮光
到陽光熊熊地燃燒
一腔熱血依然
灑在皇帝的詔曰

四百年後
顛覆不了的創傷

——2014年7月30日

 電影說明

　　《冰封：重生之門》是羅永昌執導的科幻武打片。故事講述明朝年間四個如同兄弟般情誼的錦衣衛在一次內鬥中被大雪掩埋，而其中被眾人冤枉和緝拿的賀英在四百年後解凍，來到現代，其他三人也追蹤而至，四人就在現今世界裡繼續未完的爭鬥，其間有正義的維護，也有男女私情的點綴……

駱駝女孩的沙漠之旅

夢想斗膽潛入
一個老太陽的心臟
層層撥開沙粒組成
不停爆裂的火焰山

一雙腳
四隻駱駝
一隻狗

日與夜的影子前後交媾
路，靜如一雙
於皸裂荒野
瞭望的眼
唯一的通靈，用熱量感應
點點凝聚在
水天一線

一路向西
西部不斷有煞氣撲來
陌生，投石問路
問出系列文明的用語
人讀懂
駱駝讀懂
而狗讀不懂

征途重新排成一列
貼身駝影
以一座座小小山峰
收起日頭
亮出雲柱
突出
心裡的海景

——2014年8月6日

 電影說明

　　《駱駝女孩的沙漠之旅》（*Tracks*）是一部根據真實故事拍攝而成的歷險影片，描述一個勇於追逐夢想的女孩，排除萬難，與四隻駱駝，一隻狗，穿越澳大利亞大沙漠，全程約3250公里，直往西海岸的印度洋前進，最後完成此壯舉。

百寶狗先生與細紋*

時光倒流，百寶迸發光芒

紋路雖細，條條通向開朗

狗與人，兩種生命一個爭議的關係

堆積成飛騰的宇宙甬道

導向另一些世界，在無垠

向前，就是探索

向後，也是探索

在眾裡尋找銜接的管道

舞臺越演越大

角色越演越多

從無垠裡尋找往下紮的根

從古老與現代尋找桃花源

讓柳暗變為花明

讓花明變為又一村

難測天路瞬間變為一個圓

回到愛的原點

百寶與細紋

散發圓圓的光圈

　　　　　　　　　　　　　　——2014年9月19日

---

* 編按：此處為考量原作詩詞意境，故未將電影譯名更改為台灣官方譯名。

電影說明

　　《百寶狗先生與細紋》，台譯《皮巴弟先生與薛曼的時光冒險》（*Mr.Peabody & Sherman*）是夢工場精心製作的動畫片，故事描述一隻智慧狗和牠領養的人類兒子與周遭人群之間的關係，劇情海闊天空，尤其是借時光機器大鬧古代社會的橋段的確令人發噱不已。

玩命法則

一黑黑到底，沒有
其他更精彩的顏色
比黑更能暗中交易
一切為著貪婪而高舉的名
名字已經掛在槍桿上
搖擺不定的風景在手裡
子彈在槍膛說著冷血的故事
死亡穿梭於故事的橋段
誇耀的還是主體的黑
還以和聲唱著一首歌
沒有歌名，有的是咿咿呀呀的喉音
貼身伴隨每一個給慾望蒙蔽的耳
黑把黑吃了，那個滋味
千年只有一種
嗅著就已經到了末路
途窮闖見不想見的死亡
滅了所有腳前的燈，路上的光
黑，追著形體，漫淹
忽如泥石流
崩成一塌糊塗的風景
全線潰敗，從慾望開始
到掙扎的一絲微光

到那一絲微光消失
到交易的語言，完全停頓

——2014年9月25日

 電影說明

　　《玩命法則》（*Counselor*）是名導雷利．史考特
（Ridley Scott）的電影，講述一則黑吃黑的毒品交易故事。
一個想找快錢的律師，抱著能夠全身而退的心態投身於一宗毒
品交易，誰知事情出乎意料之外地難處理，不但把自己碰得焦
頭爛額，還惹來重重殺機，真所謂求救無門，悔不當初。

那夜凌晨，我坐上了旺角開往
大埔的紅VAN

是的，一過了獅子山隧道
前面沒有怪獸守候
只有一個困惑的世界
以死寂的夜色點燃
一小片紅色闖關
獨醒在無人之境
諸多面具，諸多消失的人
諸多莫名的屍體
鋪天鋪地以大大一層隱喻
覆蓋17的數字
從紅色包裹的訊號中
釋放恐懼
外星吧、病毒吧、末日危機吧
人從城市的病態裡尋找失落的記憶
旺角已經沉淪
獅子山隧道沉睡了6年
大埔更加離譜
捕不回身邊事物
卻把自己永遠放逐
死寂的夜，將要死去的人生
還流連在凌晨時刻
所有線索和判斷
吞噬了破曉所有亮光

——2014年10月4日

電影說明

　　《那夜凌晨，我坐上了旺角開往大埔的紅VAN》是香港導演陳果的作品，戲名吸引人，充滿懸疑性，可惜劇情有頭無尾，疑團沒有解開，終局怎麼樣，全無交待。影片雖有缺點，但我還是喜歡它，只因它「很不一樣」，感覺它很像一首「後現代詩」。而在我寫這首詩時，適逢香港「占中」進行著，旺角是「占中」其中一個重要據點；另一邊廂，馬航MH17被導彈擊落的事件末了，烏克蘭政府、叛軍以及俄羅斯各說各辭，誰是肇事者，撲朔迷離。至於6這個數字，大家都知道，它跟上帝有關，上帝用了6天時間創造宇宙萬物。除此，VAN是紅的，也值得玩味。

歡迎來到布達佩斯大飯店

二十世紀三十年代
東歐的金碧輝煌
迎迓布達佩斯大飯店卡通式的眾生相
主管和看門僮
忽上忽下
忽左忽右
唯獨左，猛張巨口
他們不想跳卻跳了進去
一切都只為了一個佐證
卻左邊的證據天然統管
獨吞獨佔一天一地的秘笈
從槍桿子裡修煉
Zubrowka的色澤
揮灑奇趣的線條
原來線條上裝置偵探的眼
希區考克的迷宮現出頭顱
福爾摩斯卻躲在豐富的構圖裡
溜溜轉轉把頭顱拋出
布達佩斯大飯店
玩盡人間的離合
且暗藏離合的玄機
謎底從牢房的地下秘道
直通老天天衣無縫的設計

——2014年10月31日

電影說明

　　《歡迎來到布達佩斯大飯店》（*The Grand Budapest
Hotel*）是魏斯·安德森（Wes Anderson）繼《月昇冒險王國》
（*Moonrise Kingdom*）後又一力作。本片色彩與構圖優美，
人物卡通化，故事講述三十年代發生於東歐某虛構國家的事
件。布達佩斯大飯店的主管無端端被捲入一起謀殺案，他成功
越獄後便連同酒店看門僮一起查案，歷盡艱險終叫凶殺案幕後
主謀浮出水面，而兩人的偵查過程可說充滿奇趣，充份表現出
導演在這方面的獨特風格。本片榮獲87屆奧斯卡四項技術獎。

金剛

多重霧，霧失一堵高牆
牆後最初的桃花源
億萬年前的記憶
行船，驚破老死不相往來
原來黑，不如白
不如那常年的霧白
純淨的嚮往，一如對著混沌初開
地老天荒一顆心
金剛之軀破了
洞孔讓情感流瀉
把玩寂寞的山中歲月
霧散，高牆不再迷茫
遠處，在遙遠的天際無名地方
落日晚霞吞吐
吐出絢麗的構圖
是在山裡，也在山外
多重霧，從心裡消散
高牆被推翻
更高的牆，插入雲霄
金剛之身，攀爬得上
最想採摘那曾經熟悉的晚霞
而那堵文明的高牆
卻是滑梯而下
千斤墜落

是身軀
也包括獸身裡的人心

　　　　　　　　　　　　　　　——2014年10月22日

 電影說明

　　《金剛》（*King Kong*）是由澳洲導演彼得・傑克森（Peter Jackson）開拍的2005年新版電影，用上最先進的電腦科技，娛樂性豐富。原版長三小時八分鐘，枝節多，值得觀賞。故事講述1933年的紐約，野心勃勃的電影製片人脅迫一群演員並僱用船隻前往神祕的骷髏島，在那裡他們遇到金剛——一隻巨大的猩猩，而金剛則對女子安・黛洛（Ann Darrow）情有獨鍾……

國定殺戮日：無法無天

歡迎你來美國
只十二小時一個夜晚
月亮星星麻醉不醒
雲層躲起來，讓路給風
風帶來一本無字律法書
在夜的眼睛裡展讀
一夜的法庭掛牌休假
法官把自己鎖在地洞裡，念著判詞
庭外和解的牌子被砸碎
警長把私仇裝進槍膛裡，念著悼詞
天沒有不測之風雲
人卻有不測之禍患
國家是老闆，撒種是他
收割也是他
所得報酬送給權貴
升斗小民只能用槍桿抵押
換他媽一個十二小時保住平安
街上，綠葉無聲掉落
在路面上打滾身體
原來扁扁平平的記憶裡
有許多壓縮的逼迫
需要在暗夜裡宣洩
一瓶水給潑了出去
哪能洗得淨黑糊糊的夜空

十二小時的大掃除
留下的汙物到處堵住路口

歡迎你來美國
那一夜，瘋子的留言
留在十二小時的照妖鏡裡

——2014年11月1日

 電影說明

　　《國定殺戮日：無法無天》（*The Purge: Anarchy*）是
《國定殺戮日》（*The Purge*）的續集，殺戮的範圍擴大到大
街小巷，十二小時無政府狀態，場景驚心動魄，人人自危，然
而有權有勢者卻能以此自娛，人性泯滅至此，令人感歎！

邊境

過不過境，都是兩種心情
一種滯留境內，一種徘徊境外
我看著前方，回望你
一屋子的期待，那些生活的銀兩
想像在乾癟的土地上
吊掛在疏疏落落的枝丫間，搖搖晃晃
你說，去吧，到遠方，境外有藍天
過永遠採摘不完的採摘日子吧
回望不是夢，影像在眼皮下追逐
何況那天天凸起的肚皮，多一張口
對著境外的天空吮吸，那兒的空氣聽說
一如肥肥胖胖母牛的初乳
過了境，心情分岔而行
導航線頓失指引
我把插入風沙裡的雙腳強行拖離
夢在我腳邊的槍聲裡驚醒
原來境外還有另一個突如其來的境外
而第二個境外暗藏你未測的夢想
追逐著我失蹤的腳印而來
前方堵住
風沙蒙眼
你我在風沙翻騰的境外相遇
一場夢從再次回望中重估自己

我和你，收集過多流出的淚水
洗一洗吧全蒙上塵埃的臉

　　　　　　　　　　　　——2014年11月1日

 電影說明

　　《邊境》（*Frontera*）一部小成本的牛仔片，描述一個墨西哥男人為尋生計，不惜遠離家人偷渡到美國去，途中捲入一起命案，為妻者千里救夫，卻在偷渡時陷入壞人陷阱，慘遭凌辱，身心受創；所幸，天理還在，最後男人冤屈得申，夫婦得以團聚。

猩球崛起：黎明的進擊

金門之後，有無路向
對面的景束腰
一個小小的苗條就夠了
而這一方，從大到小
習慣很難成自然
腰圍要維持，至少
看起來像人種
才是人間的異彩
他們有默契
越過金門去
門本來就開著
長長的橋面直通
本來就有宿主
跨過去，天經地義
不是盜竊，而是理所當然
侵犯與越界，對面
與這一方
爭搶自己的說辭
世界猶豫在兩端
交給黎明
決定，是浴血還是
和平最後
由天邊

各自看到的顏色
下判

——2014年11月22日

 電影說明

　　《猩球崛起：黎明的進擊》（*Dawn Of The Planet Of The Apes*）是人猿大戰的第二集。這時的猿猴退居金門大橋一端之紅樹林，而人類因感染猿猴病毒人數所剩無幾，他們要尋找生存的資源，沒辦法只好深入猿猴之地去啟動水壩以提供電流，故事由此開展，引發雙方猜疑，以致爆發連場衝突……

移動迷宮

我是誰？我
是以前。我是
許多許多記憶切片
堆積而成。我
不是我
我，是迷宮
我，是迷失的
另一個我
我，在移動
迷宮，也在移動
我的年少
受困。我們都是
高科技的困獸
是末世的試驗品
我們等著時辰來到
等著門開
等著探索，一條
以及更多條出路
唯獨一條
是救贖的
生命之路
那是由一群未知組成
未知裡有移動的信息
千變萬化

有，也是困獸的
蜘蛛守門神
擺設死亡的大門
先別進去，每一扇門
每一條通路
都是引誘
死亡的餌
趕快回憶
趕快記起
從前的自己
曾經的覺悟
那些心思
那些心事
必須跨越陷阱
必須跨越迷途
我，是誰？
迷宮必須粉碎
迷途不必忘返
找回自己
找到出路
我，才是我
真正的
救贖之路

　　　　　　　　　　——2014年12月22日

電影說明

　　《移動迷宮》（*The Maze Runner*）是一部由暢銷小說改編而成的電影，故事講述一群莫名其妙受困於迷宮的年輕人，如何面對死亡威脅，以及如何尋找出路逃出迷宮。本片劇情撲朔迷離，而有些地方則有交待不清之嫌。

美味不設限

百步以內,色香與味
與膚色,與不同文化
有時,是一道牆
有時,是牆外的天空
法國把色香味藏於牆內
印度啊印度
赤膊著上身
把色香味拋到牆外
野花野草爭相呼吸
爭搶一口異類的空氣
牆內的世界兀自
把自己關在春天以內
夏秋冬以及
四季的流轉
——失之交臂
原來牆外的舞臺
有更動人的氣溫
必須跨越百步
百步之遙
其實也不過是,咫尺
美味,野花野草
從不設限
家花,瓶子裡自賞
其實更多於自傷

天外有藍空
清澄夾雜野味
必須從牆內
振臂呼喚
百步才能交接
交頭接耳
如魚得水
如蛟龍
得風雲助陣

——2014年12月27日

 電影說明

　　《美味不設限》（*The Hundred-Foot Journey*），一部趣味盎然的飲食電影。法國餐碰上印度餐，會有怎樣的情趣變化？人際與感情也能因為飲食誤區而導向精神生活的昇華。

等一個人咖啡

等一個人，不在咖啡
在他的味蕾
摻和記憶
調不調咖啡
路人皆有自己的口味
來不來，喝不喝
渴望隨意
卻有一種
脫不去的記憶
比任何立刻調好的味道
更具品味
人生，五味雜成
新鮮人，新鮮的感覺
都停留在
等一個人
一個人，喝不喝咖啡
流連不流連，咖啡
各憑感覺
有虛幻，有現實
更多的是幻想
美好，總留存在
記憶裡

一如咖啡
等，一個人
真正懂得
珍惜的人

　　　　　　　　　　　　　　　——2014年12月29日

 電影說明

　　《等一個人咖啡》，根據九把刀原著小說改編而成，描述
年輕男女的情愛故事，突兀的是竟然摻雜搞笑的黑社會尋仇與
惡鬥的劇情，顯得不倫不類。

進擊的鼓手

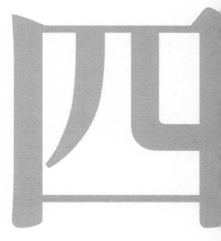

失控

這是一條直通的路嗎
車在燈影下，我在燈影外
路漫漫，前後光影流過
電話一如我，一如我的脈動
前頭不管有多少公里要走的路
留在家裡那一個骯髒的身影
妻堅持說要滌除盡淨
一垢不留
而那項大型建築的施工
餘留的後續程序
分秒必爭
電話鈴聲是一個
通天的提示嗎
各色的光影
掠過，我的心思
掠過，我的心速
全失控在
芝加哥酒醉
那一夜
沉沉裡的微亮
迷濛閃爍
像霧又像花
那分娩中的女人
面目竟然陌生得

像這一條通往
倫敦的路
醫院，還
在盡頭嗎

而所有的光影
遊離
車子追逐
紅光
白光
迅速往後
退去

——2015年1月4日

 電影說明

　　《失控》（*Locke*）是一部很奇特的電影。整部電影只有一個男人，駕著一輛汽車往醫院的路上去，他就在汽車裡通過電話處理他的家事、公司的事，以及聯繫與他有過一夜情，並懷了他的孩子，正在醫院等著他去探望的分娩中的女人。

怪怪箱

見怪不怪，怪在
人類腦袋，藏怪
從乳酪效應，到
乳酪橋的白帽子誘惑
慾望瘋狂衝刺機械而來
紅帽子坐鎮生死中央
如假包換的滅絕師太
從男到女，從女到男
捲起一襲火紅劫奪
藏身箱子裡的卑微
瑟縮是箱子生存的法律
地窖是箱子生存的法庭
從法律到法庭
從來沒有申冤的扶梯
而蛋頭，必須破殼而出
戴上人類法官的帽子
無形，卻高高在上
高高掛在
小女孩正義的頭頂
超越紅帽與白帽
乳酪橋的乳酪
純味修正
紅帽子裡的遺臭
讓過敏的追求

從腫脹恢復
平和

箱子不怪
怪在
人類腦袋的蟲害

———2015年1月9日

 電影說明

　　《怪怪箱》（*The Boxtrolls*）是一部有創意，也頗有趣味的動畫片。故事描述生活在地底，膽小害怕但善良的「怪怪箱」物種，在遭遇野心家史納屈（Snatcher）滅絕之際，由牠們撫養長大的人類小男孩蛋頭（Eggs），如何冒著生命危險，與一個充滿正義感的人類小女孩，一起排除萬難，搶救牠們的生命。

麥迪遜之橋

夢，不識廊橋
夢，在中年情懷裡的現實
現實在廊橋上邂逅
西部的牛仔裝束，與
農家的，碰觸
火花從農舍一直
燃燒到廊橋
餘燼跳躍著回去
跟著全新的節奏回去
從現實裡更進一步
回去現實，織夢
四天的夢在現實
纏綿，一個從浪跡天涯
偶遇生命的樂章
纏綿，一個從百無聊賴的風景
拾掇一朵不肯凋謝的花
纏綿，纏綿又纏綿的四天
風景線飽滿充足
水和空氣浮現
陽光遍地灑落心田
集中一個點
再造中年的葉綠素
給四天以後

夢裡廊橋
生命浮雕

　　　　　　　　　　　　——2015年1月12日

 電影說明

　　《麥迪遜之橋》，或譯《廊橋遺夢》（*The Bridges of Madison County*）是克林伊斯威特（Clint Eastwood）1995年自導自演的一部社會倫理片。故事講述一名雜誌社的離婚中年攝影師浪跡天涯來到麥迪遜郡欲拍攝「廊橋」，與一位農家已婚中年女人相識，剛好女人的丈夫與二名孩子因事離家四天，在這四天裡，兩人感情迅速發展，更以靈肉結合相互填補寂寞的心。然而四天後，男人必須離開，女人無奈回歸現實，把剛織好的夢留給「廊橋」。

鋼琴師和她的情人

孩子，你怎麼知道
我和他的裸體傾向
像鋼琴，像迎著海風
叮叮噹噹飄過的聲音
我們與大海一樣
赤裸，像天地一樣
赤裸，經歷天與地
最純粹的洗禮
你怎麼知道
我不能言語的心裡
那一半空白
如何填補
還給天和地
還給天籟裡的七彩
去理解，去重估
我啞巴的語言
膨脹，繼續膨脹
而這一個男人
他才是我啞巴裡的聲音
和著琴音
和著天籟
和著我最原始的心靈
還原我，還原一個
純粹的我

孩子你怎麼知道
天地裡
隱藏的祕密

———2015年1月12日

 電影說明

　　《鋼琴師和她的情人》（*The Piano*）是紐西蘭女導演珍‧康萍（**Jane Campion**）**1994**年自編自導影片，榮獲66屆奧斯卡最佳女主角、最佳女配角等五項大獎。故事背景為十九世紀的紐西蘭，內向的啞巴小婦人攜著九歲女兒從蘇格蘭遠嫁給紐西蘭一個不曾謀面的男人，在那兒她認識一個要向她學習鋼琴的鄰居男人，而這男人成功進入她隱蔽的靈肉世界，兩人沉浸在無盡的愛慾中……

賓漢

誰給我鋪陳一條路
推槳的手摸不到大海
眼睛在色彩以外
耳朵在聲音以外
唯獨心靈，鏗鏘作響
乘一路顛簸，與
波濤相擁
直到羅馬的競技場
找回生命
其中一篇樂章
以過往的神奇
競逐一條延伸
往探尋生命的路徑
路在十字架上
救我一命者
在十字架上再救我一次
以全新的生命命題
化身永恆
澆灌在我庸俗的心境
我必須回去
回痲瘋幽谷
把暗黑的日子帶到
十字架前
那裡有腳前的燈

路上的光
有痲瘋與重病的良藥
誰給我鋪陳一條路
我聽著，聽著
十字架前
鏗鏘響起
老博士背誦的
《以賽亞書》五十三章

——2015年1月12日

 電影說明

　　《賓漢》（*Ben-Hur*）是影史上一部偉大史詩電影，榮獲
32屆奧斯卡最佳影片、最佳導演、最佳男主角等十一個獎項，
成績輝煌。故事背景是古羅馬入侵以色列時期，男主角賓漢身
為猶太王子，為羅馬軍團司令官馬薩拉陷害，流放異地，輾轉
到了羅馬，在競技場上成為著名的角鬥士。馬薩拉由於妒忌，
挑戰賓漢戰車競賽，經過一場激烈競技之後，賓漢獲勝。賓漢
獲知母親與妹妹身在痲瘋谷，在女友的引導之下，把患病的二
人送去給耶穌救治，而耶穌那時正被釘於十字架上，這時賓漢
方才知道原來耶穌是當年他流放途中曾經救他一命之人，賓漢
的仇恨和傷痛就在十字架前得以完全消解……

最後一班地鐵

最後一班地鐵留住
蒙瑪特劇院的心情
宵禁在心情裡填補空隙
暫時抹去警報的陰影
人人爭看舞臺上的劇情
用人生的苦斟滿滿一杯
眼淚，淚裡帶著笑
看人間把自己困鎖
在最後一班地鐵時間
匆匆在一天裡謝幕
明日再來，或許苦澀回甘
在下一場的人海翻騰
擦去現實裡，一些
納粹的塵埃
繼續留戀
黃蓮樹下的期待
蒙瑪特劇院的轉機
舞臺是虛掩的
背後的地窖
是萬萬不能公開的劇場
暗處裡的指揮棒
透過暖氣管道
嗅吸幕前幕後的活氣
補給最後一班地鐵

轟然衝出813天的地窖
緊緊守住信條
戲，必須演下去！

　　　　　　　　　　　——2015年1月13日

 電影說明

　　《最後一班地鐵》（*The Last Metro*）是1980年法國
「新浪潮」經典影片，獲1981年法國電影凱撒獎最佳影片、
最佳導演、最佳男主角、最佳女主角等十個獎項，導演是
以拍攝《四百擊》一炮而紅的法蘭索瓦·楚浮（François
Truffaut）。故事講述二戰期間，巴黎為德國佔領，並施行宵
禁，劇院演出必須在最後一班地鐵前結束。蒙瑪特劇院主人盧
卡斯為逃避納粹追捕，躲在劇院的地窖內，而劇院的管理權則
交給妻子瑪麗恩負責，他則通過地窖裡的暖氣管道傳來的聲音
監督排練的經過，從而知道自己妻子與年輕男演員博爾納之間
的感情變化。納粹遣人搜查劇院，博爾納發現了盧卡斯，決定
離開劇院參與抗戰。不久，德國投降，博爾納回來，三人繼續
合作演出。

控制

失蹤可以控制嗎
翻倒的物件說話
血跡說話
兇器說話
加碼的保險說話
信用卡賬單說話
鄰家的女人說話
傳媒漫天說開了
日記本說的
更像是人話
失蹤把自己的嘴閉合
許多別的嘴競相聚攏
人證壓著物證而來
失蹤，是罪嗎
地，把證據掀開
天，亮晃晃照耀
小鎮拼命打包
把最熱的帶回家去
分享，鎂光燈分不清
白天黑夜
藏也藏不住自己
失蹤可以控制嗎
阿美還是最美嗎
美在作家的文字

魅力裝潢
天還未亮
陽光先招搖
天還未暗
月光脂粉妝
她一手包辦
整個舞臺的燈海
光與暗暗渡
故事隱藏故事
陰謀隱藏陰謀
報復隱藏報復
失蹤是罪嗎
失蹤可以控制嗎
最後噴灑的血跡
笑著說話
傳媒，笑著說話
小鎮，笑著說話
她，笑著說
所有的話

　　　　　　　　　——2015年1月14日

電影說明

　　《控制》（*Gone Girl*），或譯《失蹤罪》，是名導大衛·芬奇（**David Fincher**）根據同名暢銷小說改編的最新力作。故事描述尼克在五周年結婚紀念日那天發現妻子愛咪無故失蹤，警方從線索中懷疑此事與尼克有關，卻沒有人知道，其實整件事背後都是愛咪一手策劃安排，其意圖之可怕，震懾人心！

別相信任何人

我醒著，的的確確醒著
醒在一天。一天之後
我把昨天歸還深淵
深淵裡有物蠢蠢移動
黑夜裡明亮，白晝裡黑暗
什麼在咬噬我的神經
是耗子嗎，是蛇蠍嗎
是那個男人，是枕邊人嗎
昨天恍惚有夢
夢裡恍惚有淚
淚裡恍惚有記憶
記憶裡恍惚沒了自己
我是誰，他是誰
誰把握了現在
現在把握了誰
我醒著，的的確確醒著
醒在一台照相機的記憶
原來我是機械
原來我是機械裡的零件
零零碎碎地尋找
一個失去的完整
我還是睡去的好
真正睡去
期待很多天後醒來

還原一個
真正的自己

——2015年1月19日

 電影說明

　　《別相信任何人》（*Before I Go To Sleep*），是一部心理懸疑片，故事講述女主角在一次重擊後難以恢復記憶，在醫生協助之下，她開始用照相機的攝錄功能儲存記憶，設法找回原來的自己……

怒火特攻隊

戰爭不會安靜結束
一輛坦克，留下
戰爭的短暫結論
在最後一個生命
他替坦克說話
他替那條走不完盡頭的道路說話
他替那晚的槍聲炮聲說話
他替自己躲在暗黑的坦克下說話
生命也在說著自己的話
那一線天光，最好不要亮
亮了我如何面對白天
面對那筆直伸出的怒火
怒火和戰火已停息了嗎
筆直的嘴為什麼不能彎曲
因為彎曲就是恥辱
而我竟在自己彎曲的恥辱裡
活過來，雖然戰爭的尾聲
連續叫了幾次
就是沒有叫出我的名字

戰爭不會安靜結束
我，唯一剩下的頭顱
還沒有跟子彈近距離說話

——2015年1月25日

電影說明

　　《怒火特攻隊》（*Fury*）是一部描述二戰的電影。那時盟軍已進入德國境內，由五人帶領的寫著「怒火」（Fury）一字的坦克，經過一輪戰火洗禮後衝出重圍深入敵境，不久與眾多德軍碰面，五人奮戰到底，最後只剩新兵一人，因忽然怕死而躲在坦克底下，僥倖逃過一劫……

曼羅奇遇記

一本書，在你的生命
在我的生命，同樣空白
白裡透著看不到的色彩
好像雨前的太陽
總投給你眼簾
一片光白
那七彩，它暫時收在
它的萬花胸懷
只有胸襟廣闊
塵不落足的地方
才會開花，才會結果
在思想的底蘊
那兒有連串的論壇
有連場的激勵課程
也有一個挑戰你的考場
與你的智慧、理性與理想
玩一頁空白的遊戲
要給它怎樣的色彩
要單一呢還是多樣
要現在呢還是未來
要聽自己呢還是聽別人
或者聽從最親近的家人
生命的書打開繽紛扉頁
再打開裡面一頁空白

等待你用人生的筆觸
蘸上你要的顏料
塗塗改改
的確不能一筆而就
一筆怎能成天下
天下在天之外
在海之外
追逐，才能
縮短天涯

一本書，塗滿生命
所有你我要的色彩
猶勝於
七色紛呈

　　　　　　　　　　　　　　　　——2015年1月28日

 電影說明

　　《曼羅奇遇記》（*The Book Of Life*）是一部頗有看頭的動畫片，配合影片要傳達的主題，即使是陰森場面，因色彩繽紛而不見恐怖。影片描述男孩在自己的理想和父親的理想之間徘徊，一番從死裡復活的體驗之後，他得以建立堅強自信，克服重重困難，並贏得美人歸。

鳥人

我無法不留戀天空
那樣廣闊延伸
多希望像我追逐的舞臺
建在空中的羽翼
搖一搖我的翅膀
所有眼睛爭行注目禮
那些遙如天際雲彩的絢麗
我曾經的風光已承載不住
畢竟歲月如吃人頭髮的鬼
幾乎光溜溜我的頭我的身軀
僅留一條內褲勉強保住下體
我輝煌的衣冠我的裝潢
哪兒去了呢
忽然被一扇關閉的門
生生扯落的遮蔽物
畢竟太也鬆軟了
一如那些對著我
懷疑我的眼神
為什麼不緊緊地
投給我一次
一次百老匯劇場上
溫溫熱熱的回眸
看，我不是在天空
飛翔了嗎

我還可以從高樓
躍下去
順著風流，順著你要的景幕
重整我的羽翼
即使必須我的鼻子
改裝，像那種鳥樣
鳥給你們這些世人看
我，仍然是
屬於天空的

——2015年2月11日

 電影說明

　　《鳥人》（*Birdman*）是2014年非看不可的電影。故事
講述在電影中以飾演超級英雄「鳥人」而聞名的演員，沉寂
多年後英雄遲暮的他不甘寂寞，自導自演舞臺劇試圖東山再
起，但現實畢竟是殘酷的……本片幾個主要演員演技出色，攝
影與配樂獨特，而片中所帶出的嘲諷意味濃厚。必須一提的
是，男主角是曾經演過《蝙蝠俠》系列賣座電影的麥可・基頓
（Micheal Keaton）。

獨家腥聞

一些燈影，暗藏死魚
貓兒四處覓食
街景閃爍，在最模糊的地方
你嗅吸，氣味清楚
從哪個方向傳來
你的錄像，隨之開舞
舞步急促如擂鼓
心臟在第一個目擊者身上
你的身上，跳出胸口
夜，做著你要的功課
你以整身的貓動配合
血液加上流瀉一地的腥味
你最喜歡，尤其你是第一個
為槍聲為亡魂膜拜者
你以萬物為
剛剛絕了氣的魚
一股魚腥味，你以貓眼揭開
裡面暗藏的寶貝
你聞了又聞，鼻息跳躍
跳躍在熱騰騰
的大街小巷
一股新氣息
隨風飄遠

———2015年2月12日

電影說明

　　《獨家腥聞》（*Nightcrawler*）是一部震撼人心的電影。
劇情描述一個專門在夜裡用錄像機獵取血腥鏡頭的人，如何
不擇手段達到目的，那就是把最熱的第一線新聞資料賣給電視
臺，以謀取厚利。

繡春刀

錦衣還可以繡嗎
春天抖落，竟然是
大片寒霜
刀鋒過處
原來都是冷冽的雪花
堆積成心頭的冰塊
堅硬，如砍不斷的鎖鏈
你竟然計算著那一堆銀兩
在兄弟和情傾的女人之間
堆積成一座腐朽的城堡
只一推移，山崩地裂於前
前無退路，後有追兵
春天越來越遙遠
遠遠飄向無名地方
你怎麼能找到
回旋之地呢
沒有，沒有一種語言
可以讓你及時追悔
失落的心
心事從此層層加劇
重如你手中的刀
錦衣即使再繡
那些花團錦簇的條紋
如刀鋒

留下抹不去的
血痕

——2015年2月21日

 電影說明

　　《繡春刀》，一部大陸武打片，故事講述錦衣衛三結拜兄
弟，因老二在圍剿魏忠賢與其餘黨時犯錯，結果連累老大老三
慘死，為求報復，最後不惜與敵人拼死一鬥……

催眠大師

我的世界麻木
麻木在我的記憶裡
千絲萬縷思路
困鎖在掙扎的一條線上
直如蟲咬
咬脫我的神經
吐出一把一把利刃
暗中切割
不停切割
然而我卻懵然不知
什麼催眠了我
明明我才是大師
我是經營者
明明我是
別人記憶裡的刀
我怎麼能放下我的刀
而我竟然聽到刀過的聲音
對著我吱吱作響
我的腦袋崩裂
一攤水，不
是一汪洋的水
溢出我腦中的海
終於
從浮蕩的記憶裡尋回

沉沒的我
卸下偽裝的外象
苦苦嘔出
蒼白的
自己

　　　　　　　　　　　　　　　——2015年2月26日

 電影說明

　　《催眠大師》是大陸出品的一部心理驚悚片，講述身為
催眠大師的心理醫生，在醫治某女病人時，反而被對方醫治的
經過。

阿呆與阿瓜：賤招拆招

零件脫落的老爺車
吱吱呱呱撞倒空氣的瓶子
瓶蓋滾開在馬路
吵翻了天
天空乍然驚醒
錯愕地張大嘴
朝地上猛噴口水花
像「花灑」，密密麻麻
阿呆說著呆話
阿瓜說著傻話
句句似牛糞
在地上競相開花
在人群裡長出鏡花
宛如水月
鏡花裡有自己獨有的
查理・卓別靈
也有他的。各自
佔據眾生相的一角
笑罵人間
千千萬萬情節
有我，有你
有笑，有淚
有你和我兩人
相知相繫的一條線

伸向天邊
再伸入五臟六腑
人生無處不飛花
客串一場
說說不像人的人話
人生，躲在黃蓮樹下
啃著苦
在我們的嘴臉，戲謔
顛倒的人世

——2015年3月5日

 電影說明

　　《阿呆與阿瓜：賤招拆招》（*Dumb and Dumber To*）是好萊塢兩大諧星金凱瑞（Jim Carrey）和傑夫·丹尼爾（Jeff Daniels）領銜主演的笑劇。故事講述兩個自以為是的大傻瓜勞埃德與哈利，如何結伴去尋找一個哈利以為是自己女兒的少女，一路上他們鬧出許多笑話，卻又能逢凶化吉、化險為夷。整部片子充滿低級的洋人幽默趣味。

扭轉命運的樂章

天空灑下分離淚水
路上追人的彈頭
呼嘯在炎炎的空氣中
叫出生命
荒野死別的夢魘
黑，怎麼黑到
竟然沒落幕的鏡頭
我們在幕外
在觀眾不想去的地方
兀自為地形找方向
美國，真的有
點綴荒野的星星嗎
真的有
約書亞畜牧的遼闊嗎
我們在黑夜裡
能否一把抓住
滿天星
照亮流奶與蜜之地
那些暗夜裡飄啊飄的雪花
是否也給黑
助陣，黑裡
暗藏閃亮的白
在每一堵
鋼骨水泥之間？

千里，為另一場聚合
盛滿淚水
名為救贖

　　　　　　　　　　　　　　　——2015年3月12日

 電影說明

　　《扭轉命運的樂章》（*The Good Lie*），是一部令人觀後
深受感動的電影。故事講述非洲國家蘇丹內戰，幾個黑人孩子
在家毀人亡之後，被逼冒著生命危險，徒步將近一千公里，到
座落於肯亞的難民營尋求庇護，途中免不了有病死、傷亡或被
擄事件發生。十多年後，四個長大的孩子獲送往美國以移民身
分安頓下來，之間又發生了一些事情……

啟動機械碼

我的未來
絕不是夢
在我的零件裡
逐步甦醒
人類DNA，長成
我身上
密封的代碼
天，開啟它
智慧的芽
地，把施肥的樹
層層拔高，節節昇入
慾望難觸摸的
方向
他們啟動機械的手
只能與全機械同謀
而我身上突圍的零件
播散分歧的信息
匿藏愛，所遺留
的思緒
一個個調動
意志數據裡
自由的按鈕
如同捏一把泥
造一個

現代夏娃
在末世的未來
解放所有
零件

2015年3月17日

 電影說明

　　《啟動機械碼》（*VICE*）是一部未來世界科幻片。故事講述某個與人類一般無異的女機械人遭製造機械人的集團殺害，就在自己再被製造成機械人的過程中產生異常現象而逃離出來，憑著少許記憶，她找到製造自己的主人，而警官與機械人集團這時也正四處尋找她……

星際效應

黑洞黑如何
你尋找光穿越
那不僅是光的故事
更是留不留人間的啟示
上帝的伊甸園枯萎
苦味升入無際空間
從第三升入四
你聽到上帝的聲音
開啟創造的歷史
把黑暗裡的魅影
挪移一旁
你穿越，穿越一條
生命不斷探索的甬道
深深沉沉。忽而來擊
的引力，你感覺
光年在前頭拉扯
只一瞬間，經歷
不同時間的比例
而地球，蒼老如斯
女兒的白髮
照在你黑油油的壯年
那時空隧道
墜入五次元空間
你遊走

密封的視野
豁然開朗
於大半個世紀
於感情相繫的縫間

黑洞黑如何
總會漏一線光
續編人間情事

　　　　　　　　　　　　　　　——2015年3月26日

 電影說明

　　《星際效應》（*Interstellar*）是2014年一部出色的科幻片，導演是知名的克里斯多福‧諾蘭（Christopher Nolan）。故事講述未來地球遭遇天氣異變，面對糧食短缺危機。為解救地球上的人類，美國太空署主管派遣太空人和科學家深入星際去尋找可供移居的星球……本片榮獲87屆奧斯卡最佳視覺效果。

模仿遊戲

天才的腦海急需解碼
數據潛入自閉的因子
塑造光
光裡有自我的解讀
遂讀成二戰
一組突發的炮彈
力量穿透遠方的硝煙
機械於是在天才心裡說前程
卻說不出閉塞後的豁然
硝煙與內心依戀
交戰而成一抹陰霾
或者英雄的定義
他們可以，以法理計
竟計出機械的
一點故障
天才的臉
乍然黏糊一片
之後的密碼紊亂
機械在大海浮沉
男男糾纏的死局
棋盤定睛在
另一種
看不見的
幕後

———2015年3月28日

電影說明

　　《模仿遊戲》（*The Imitation Game*），榮獲87屆奧斯卡電影金像獎最佳改編劇本，是2014年必看電影。本片內容根據真實故事改編，講述二戰期間，為破解德國密碼，英國政府召集數學天才艾倫‧圖靈（Alan Turing）以及其他數人，成立破碼小組。而患有輕微自閉症的艾倫，經過無數次的挫折，終於完成使命，不但協助盟軍攻克德軍，同時也因戰爭時間縮短而無形中挽救了數以千計的人命。然而，可悲的是，其同性戀傾向卻不為當時的英國政府所接受，結果被判有罪而必須送去改造。他最後因抑鬱而自殺身亡，年僅四十一歲。

愛的萬物論

宇宙的謎底
潛入你萎縮的肌骨
成為理性
沿著你的思路
感情落地而有聲
卻卡擦卡擦有些紊亂
你開始理清
你的天文算法
方程式在萬物裡尺量
而博士論文始終遺忘
一般的人情世故
你的嗅覺流連在重天之外
在亙古的星際遊弋
軌道迷離
遁入無垠
上帝在你的數據裡
點算痕跡
而塵世裡的愛戀
路向模糊
曾經種下的情花
一如你的漸凍人骨架
總歪向一邊
宇宙裡的黑洞
對著你的閃失

以巨大的誘惑
擁抱，緊緊

而時間，遂成
簡史

——2015年4月2日

 電影說明

　　《愛的萬物論》（*The Theory Of Everything*），電影改編自「漸凍人」天體物理學家史蒂芬・霍金的第一任妻子珍所撰寫的回憶錄。影片大部分時間用來描述霍金求學、戀愛、患病以及與珍二十五年的夫妻生活。飾演霍金的英國演員艾迪・瑞德曼（Eddie Redmayne）一炮而紅，以惟妙惟肖的演技榮獲87屆奧斯卡最佳男主角。

永不屈服

飛毛腿與飛機大炮賽跑
飛毛腿與茫茫大海賽跑
飛機大炮與茫茫大海
擁抱成一個圓鼓鼓的紅太陽
搖擺著猙獰的臉孔
一張臉如一帖藥膏
卻熱辣辣地貼在你胸膛
你胸間的毛髮，霎時
燒光，你的飛毛
從那一刻起
沉靜，靜如遠處敵機盤旋
忽然悄無聲息掩至
你的飛毛，更加沉靜
在躍下如斯寒冷的海裡
你的腿像一尾魚
所有毛髮
奮發變形
倏地開滿腿上
滑溜的鱗片
而永不屈服的故事
就此展開
直至那些戰俘的日子
每一個日子
如鱗片

一片一片加在你身上
越是凸出骨架支撐
那一身鱗
化成一身的氣節
在二戰的天空
魚一樣
尋找孔隙
吐氣

飛機大炮
和飛毛腿，總有
停止喘氣的時候

　　　　　　　　　　　　——2015年4月2日

電影說明

　　《永不屈服》（*Unbroken*）是安潔莉娜·裘莉（Angelina Jolie）演而優則導的電影。本片根據真實故事改編，講述二戰時期奧林匹克賽跑健將Louis Zamperini在一次軍事行動中，飛機遭擊落大海，與二名戰友僥倖生還。他們在救生筏上漂浮了四十七天，一人喪命，僅存的二人被日本戰船救起，被帶到戰俘營地，過著慘無人道的生活。

五星主廚快餐車

舌尖上的滋味，久歷
必能開花
開在自己身上
成一車子風光
發給海邊味覺
發給路旁味覺
湖光山色都一起湧來
排成隊伍，舌尖外露
舔了又舔，那爭位的口涎
滋味要坐車子，遊歷
生活要滋味調理
一山越過一山
只有自己這座山
他人難望其項背
孩子來了，好朋友來了
前妻也來了
一車子滿載天下的舌頭
旅程可以一直奔馳下去

而更長的唾液
必赤裸裸流瀉
流向更大的口碑
在所有的風光
眼前

　　　　　　　　　　——2015年5月1日

電影說明

　　《五星主廚快餐車》（*Chef*）是一部好萊塢飲食電影。故事講述與老闆不和的主廚，在前妻建議之下，用一輛經過改造的車子，以流動方式售賣自己準備的美食，結果大受歡迎。影片場面溫馨，有激勵作用。

第七傳人

暗夜
超越你的想像
有翅膀無翅膀一樣飛翔
吮吸夜裡流香
陣陣撞鼻而來
七裡的七，是
絕對的七裡獨香
從農家拾級而上
是否上得了康莊大道
條條都是死神通關之處
不怕，不怕
母親留下的血液潛泳
暗夜裡的囑咐
直逼異類的想像
當你完全找到進入暗夜的門徑
從夾縫中探索
原來半人半巫的世界
是仇恨與愛的溫床
當你撬開暗夜的門鎖
你嗅吸到人性的底蘊
無須變形的飛翔
無須額外的手腕
你以第七個七
完成駐守與通關

溫床上只剩下愛
鋪平一條路
一條你決定選擇
不回轉的路

——2015年5月7日

 電影說明

　　《第七傳人》（*Seventh Son*）是一部魔幻奇情影片。故事講述知名獵魔師約翰，物色了一個由排行第七的人，生下的第七個孩子湯姆，以便訓練他成為自己的繼承人。而兩人最可怕的對手就是獵魔師昔日的巫婆情人。又：「七」在《聖經》裡代表「完美」。

親愛的

孩子，你怎麼了
一條失竊的路
你走過我也走過
你真的消失了
而我也迷失了自己
路，在前方
又不像在前方
那販子，明明把路牌換了
塞給一個人
那人蠢呀，蠢得以為那路牌
就是他夢裡要找的家
上面無須路名
一個號碼就夠了
就可以說出口中
「親愛的」

孩子，我怎麼了
我典當了自己的生活
完全給了你
等一個實實在在的回歸
裡面有你
也有我
有我的全部
也有你媽的全部

全部在大地裡匿藏
深不可測
究竟是哪個山旮旯兒
可以呼出你的氣息
可以讓我的聲音
貫穿你的命運
平平穩穩
拖拉一條長線
直到我這裡
成就我口中
「親愛的」

世界溜溜轉
我們在你的失竊線上
探索又探索
日夜貫穿日夜
呼叫貫穿呼叫
淚水貫穿淚水
如果有一百零一個故事
每個故事都是天方夜譚
我們都願意、願意聽
從床頭到床尾
直至淚水在聲音裡乾涸

——2015年5月26日

電影說明

　　《親愛的》是香港導演陳可辛的作品。故事講述離婚夫婦尋找失蹤的兒子時，所引發的許多需要各方正視的社會問題。影片題材現實，不煽情，卻感人，是香港導演改編大陸真人真事的一部佳作。

我想念我自己

一個浪頭接一個浪頭
擊在最高之處
記憶朝著妳的距離漸行漸去
海，從來不計較自己的蹤跡
沒有一刻它願意留下
給妳點算生命中碎去的浪頭
妳拼命從腦的海床上挖掘
一塊一塊糊狀的泥土捧上來
用筆用手機用電腦，用盡妳
剩餘一點亂竄的思緒
重新計算，如稚童牙牙學語
把糊狀的泥土前後左右
捏了又捏，一個圓圓的幾何形狀
裡面長成像自己的花朵
期望開放而不謝
且聞不到漸行漸去的聲響
也看不到碎落的點點
妳急於把自己納入一個
環形記憶裡
尋找一生的自己
妳想念，牢牢想念妳自己
妳是誰，住在哪條街上
妳找到妳的手機了嗎
妳的洗手間在哪裡

妳豐富的語言學，已經指示妳
一個將走的方向了？
一個浪頭接一個浪頭
遠遠遁去，又一個浪頭
追捲回來時
妳還是看不到妳視野裡的點點
卻在最高之處
感覺到，那一絲絲
愛念的存在

——2015年6月4日

 電影說明

　　《我想念我自己》（*Still Alice*）是一部讓茉莉安·摩爾
（Julianne Moore）榮獲87屆奧斯卡最佳女主角的好萊塢影
片。故事講述患有早發老人癡呆症的大學語言學教授愛麗絲，
如何在家人協助之下與病魔搏鬥的經過。劇情溫馨感人，而演
員的演技也使影片生色不少。

王牌

沒有人身上寫著王牌
沒有人身上透著王牌的牌香
沒有人的眼神向王牌膜拜
沒有人的言語向王牌祈禱
沒有人的手勢向王牌的方向彎去
沒有人，沒有人肯向哪一方俯首稱臣
是的，大地不見得廣又廣
我們要走的路已越來越狹窄
他們用一些蠻荒的實踐手法
嘗試鑽進密密縫的腦殼裡
我們身上沒有解構的漏洞可以
讓他們匍匐爬行
越過一山比另一山高
強過一個個的強中手
最後還想超越
我們軀體姿勢的鐵圍牆
只有那，我們都沒想到的百密一疏
忽然一個親情的突擊炮
穿過密密縫的肌理神經
火力全開
一個洞孔搗毀組織的結構
山被震倒，地在動搖
滾滾塵沙看不到往羅馬的方向
而多年之後，還有人在問

王牌，什麼是王牌
為什麼王牌的香氣還在
為什麼縈繞的都是夢魘
誰創造了我們的最初
誰摧毀了我們的後來
一山已經比另一山高嗎
強中已經有了強中手嗎
你我最後平平凡凡
落魄鄉野卻永遠
活在從前的牌香裡

　　　　　　　　　　　　——2015年6月13日

 電影說明

　　《王牌》是一部集合中港臺以及大馬演員主演的二十世紀
三十年代中國諜戰片。故事講述上海的共黨地下組織成員在出
席祕密會議時因遭人出賣，導致多人被捕。他們後來一一遭國
民黨負責人嚴刑逼問，要他們透露誰才是臥底之王牌。

進擊的鼓手

我看著你的眼睛，噴火
語言發高燒
遠超攝氏一百度，蒸發
氣流逆轉，在我
忽然陷落的深淵裡
鼓聲，你讓它乍停還續
在我的指與指之間
敲出深不可測的傷痕
血滴呀滴，染紅空氣
兩根棒子
吐出蛇信
信號我讀著
讀得似懂非懂
你把千斤的音符
注入突發的沙暴裡
那一片白茫茫的大漠
是你渴望找到靈泉的地方
我無法沐浴，讓你感覺清涼
天氣在密室裡愈來愈乾燥
鼓噪，成我雙手的符號
你讀不懂，多麼像你
讀不懂你的火光與
語言，裡面有你
有我，的真我

而鼓漸讀出
道，要跳
高過
一
丈

　　　　　　　　　　　　　　　——2015年6月17日

 電影說明

　　《進擊的鼓手》（*Whiplash*），講述一個想成為偉大鼓手的青年和一個魔鬼教練之間的故事。兩人對音樂的追求都是同樣狂熱和執著，幾乎到了走火入魔的地步。而兩人之間的溝通與衝突使劇情掀起不少高潮。飾演魔鬼教練的J.K. 西蒙斯（J.K. Simmons）因演技出色而榮獲87屆奧斯卡最佳男配角。

最後騎士

你看到我的身體
直直的軀幹後面
鼓動天地一股正氣
而逆流在前方
從殿堂裡尋找方向
掠過王者
掠過無語的觀望
停駐在空中
一個翻身
衝著你雷頓而來
啞巴了你，驚愕流瀉
主人啊主人，你心裏狂喊
痛苦像震落的一座山
找不回自己
那一把利劍
逆流而上
刺進我的期待
且貫穿你的心

我的期待
是你指揮不了的
現在

——2015年6月24日

電影說明

　　《最後騎士》（*Last Knights*），由克里夫・歐文（Clive Owen）和摩根・費里曼（Morgan Freeman）領銜主演。故事講述中世紀歐洲某國某統治者貪婪，當貴族巴托拒絕賄賂攝政王時，他被處以死刑，並由他親自栽培的指揮官雷頓當劊子手。雷頓與眾屬下隨後被放逐，經過一段時日臥薪嘗膽，準備展開一輪報復行動⋯⋯

決勝焦點

我的黑眼鏡，鏡片朦朧
焦距在四周
在千里以外
影像與影像摩擦
擦肩而過
瞬間停留在永恆
千手而不牽手
千眼而不千言
一語必休
指引一個焦距
設置一個焦點
克敵制勝
陽光忽然著火
無色無味
毫無觸覺
我的黑眼鏡，鏡片洗淨
朦朧隱逝……

我是焦距範圍
焦點以內
空空的奇想

——2015年6月25日

電影說明

　　《決勝焦點》（*Focus*）由黑人影星威爾・史密斯（Will Smith）和瑪格・羅比（Margot Robbie）領銜主演。影片描述的是扒手、騙子的生涯。傑絲加入由尼克帶領的扒手集團，學得一手扒術，兩人隨後墜入愛河。當二人合作豪賭而賺取一大筆金錢後，尼克認為愛情與騙術不能共存，決意分手。三年後，兩人在一個各懷目的的場合裡竟不期而遇……

我的殭屍女兒

歲月吐出嗜血的聲音
靜靜在我的細胞裡
敘說蛹變
手臂上的印痕
給地獄宣告日子的長短
我，感覺天旋地轉
在我四周
還有活生生的愛戀
是我現在思想的鎖鏈
那鎖頭，緊緊扣住
誰是開鎖的人
老爸牢牢牽著我的手
路，非常短
天空陰沉
一如我的眼神
墜入越來越深的黑暗窟窿
如何告白，我此刻的心境
世界可觸摸，又似
不可觸摸
人可擁抱，又似
不可擁抱
日子漸漸築起高牆
站在高牆上
無風卻寒意結冰

無雲卻天空抹黑
登高，不是為了望遠
而是刻意要遺忘
刻意要失足
讓足下一切，化為
乾死的雲煙

——2015年7月13日

 電影說明

　　《我的殭屍女兒》（*Maggie*）是阿諾‧史瓦辛格（Arnold Schwarzenegger）拋開硬漢形象領銜主演的一部溫情片。故事講述韋德的女兒瑪姬不幸感染「喪屍」病毒，身體漸漸轉化為「喪屍」，為父者因愛女心切，維護她，堅持不讓她進入隔離中心……

黑海浩劫

還是與海水掛鈎
黑黑的臉龐遮蓋
一層層的危機
水中有物，金光閃閃
張開慾望的口，咬著海底
的沉睡，不放
黑暗裡那些不很順從的手
長長，伸向海的心臟
物慾流竄的地方
門撬開了，我監視的眼
隱隱浮動一些不測的眼神
是的，平分還不是答案
答案在各人的心裡玩把戲
此刻，我寧可變為Robinhood
或許還有希望牽引一線光
於封閉的天地，於封閉的心靈
一箭神乎其技穿透
穿透不同語言，不同文化
血淋淋未必不是好事
至少至少，我把所有的把握
親掌在我手中
而不是任由它浮動
像老舊的潛水艇
忽然會不聽使喚

如果仍必須與海水掛鈎
我寧可把生命
交給一兩個公義的人
把自己的名字，留給
漸漸照亮的黑水
海底

　　　　　　　　　　　——2015年7月27日

 電影說明

　　《黑海浩劫》（*Black Sea*）是一部由裘德洛（Jude Law）領銜主演的海底尋寶的冒險影片。故事講述羅賓森（Robinson）被公司解僱後，帶同一團由英國和俄羅斯水手組成的尋寶隊伍，深入黑海去尋找一艘二戰時沉沒的納粹潛水艇，然而因船員貪念作祟，導致該次深海作業功敗垂成。

失控獵殺：第44個孩子

我是你另一隻隱形的手
你的頭顱衝鋒而去
一路轟隆轟隆聲裡搜尋謎底
你從鐵軌的謎面翻找
這個年代心靈的一帖藥
你細細研讀藥裡的成份
我助你從一帖一帖裡檢驗舊的創傷
第四十四個以後是否就有靈丹
你把華佗的手按在我胸膛
我的心跳混合你的聲音
凝聚風馳電掣的指標
而車廂裡和爛泥場上的戰鬥
是謎底責問謎面的交鋒
這個年頭難說出的心頭話
一句句遂成失控的車頭
我是你另一隻已現形的手
循著鐵軌的路線查找時代殘留的機密
躲在陰森之處的落寞風景
一路搖搖晃晃敗退而去
你細讀孩子們的心事
竟把我的，也讀成
更好的明天

──2015年9月12日

電影說明

　　《失控獵殺：第44個孩子》（*Child 44*），影片改編自暢銷小說，故事講述蘇聯史達林時代，國安部官員里昂為保護妻子瑞莎而與部門對立，結果雙雙被流放，在流放期間他們合力調查一系列孩童凶殺案，並逐步揭穿隱藏背後的陰謀。

捉妖記

——「山雄偉，海遼闊，經奇幻……」

之一：

山看著我，海看著我
飛鳥看著我
樹林看著我
它們都在想什麼
永寧村的奇書一定有記載
老爸一定有提過
祖母的功夫和刀術
一定藏著些什麼
誰惡意翻開那一頁
山追著我
海追著我
飛鳥追著我
樹林騎著風速搜尋我
有物從奇書裡破紙而出
永寧村上上下下忽而
卸下衣裝
不是畫皮那麼簡單
不是道士下山那麼簡單
山、鳥、林、村

都是一道道令符
奇書宣讀
山窮水複
永寧就是
那一村

之二：

山告訴我故事
海告訴我故事
飛鳥銜來消息
樹林帶來風訊
永寧村的奇書不再說話
一頁文字掉落下來
與我碰個滿懷
我輕輕敲打它的一扇門
意外聽到另一扇門打開的聲音
你越界而入
我越界而入
胡巴越入你的軀體
看不到輪迴的因子
我越入你的眼簾
看到奇貨的顏色

山不窮，水不複
永寧是否就是
那一村

之三：

巴巴地我趕來
永寧村的奇書不見了一頁
凡越界的都爭搶裡面的文字
放在自己眼底細細地閱讀
卻讀不懂其中一個字
面目模糊在衣裝裡搞乾坤
山調動高度而來
海調動深度而來
飛鳥調動角度而來
樹林調動廣度而來
一男一女調動越界的亮度而來
凡越入我界線的
山不窮，水不複
柳與花
永遠安寧

————2015年10月24日

電影說明

　　《捉妖記》是一部充滿中國特色的妖怪片，由好萊塢動畫片《史瑞克》的創作人許誠毅導演。故事講述妖界大亂，眾妖潛入人間，眾天師紛出捉妖。永寧村村長天蔭陰差陽錯懷有逃難妖后的胎兒，成為被追捕的對象。後得女天師小嵐協助，力保生下的小妖胡巴不被人類煮殺。

福爾摩斯先生

皺紋爬上老年的記憶
折疊成歲月盡頭的聲音
老莊園夢裡尋它千百次
原來夢裡留痕處處
結成磨不滅的情傷
驀然回首，依然是
解不開的眉結
千根萬根眉毛糾纏一起
生命裡最傷人的案件
軌道上留有一大攤血跡
觸目驚心，成為你
晚年千熬萬熬的
文字煎熬
白髮鬚眉盡是
創傷
斗篷、帽子、煙斗
華生的筆觸
摸不到你生命的底線
一直在心裡顫抖

——2015年11月23日

電影說明

　　《福爾摩斯先生》（*Mr. Holmes*）並非什麼偵探片，它記述福爾摩斯晚年為一樁舊事所困，想憑記憶把往事一塊一塊的拼合起來，原來是情傷，牽扯一個美麗婦女和丈夫感情的糾葛以及婦女和福爾摩斯的關係……本片最精彩之處莫過於看伊恩‧麥克連（Ian Mckellen）的演技，已到爐火純青地步。

絕地救援

火在你心底燒，孤獨地
巨口從來就密封，隻字不漏
唾液僅存一滴，偶爾潤潤喉
水躲在很遠很遠的無名地方
你很放心，無須下雨
卻是一個千載難逢的留客天
望一望不像天的天
天天都有星星之火，燎原
水還留在很遠很遠的地方思念
你的孤寂心語，願意送給客人
更多一些居留權，僅此一家
只因數十億年前的溫柔記憶
還在一滴唾液裡滾動
火，被狂壓在心底
等待
救
援

——2016年1月14日

 電影說明

《絕地救援》（*Martian*）是2015年必看電影之一，故事
講述一火星探險隊員馬克因遇風暴，意外滯留在火星上，為生
存，他想盡辦法，他是否能安然回到地球呢？

愛情失控點

之一：

別用眼神裡的棉絮撲向我
我的哲理情緒失控
外在的優柔跌入一張網
課堂與床
生存與憂鬱
中年危機的鎖頭
需要一把鑰匙
進入實驗室
傾出一瓶子毒物
腦袋清洗如晴空萬里
殺人是良藥
課堂與床
與愛情
軟綿綿如
晨光乍泄

之二：

教授的心爭搶地域
在一朵青春年華上留下暗語
你從明亮處看自己的情慾
一切完好如初升太陽

卻意外地看到日正當空的影子
一顆特大的黑子跳出
如蚤般在地域裡旋轉
影子只留一個點
聚焦一個道德的姿勢
正義擡起頭
望遠
課堂與床
與愛情
頓成虛擬

——2016年3月30日

 電影說明

　　《愛情失控點》（*Irrational Man*）是伍迪‧艾倫（Woody Allen）最新一部自編自導影片，成績不俗。故事講述中年哲學教授艾比（Abe）陷入生命低潮，卻獲開朗女學生吉爾（Jill）陪伴。後艾比以毒死一名爛法官來自我開解，並重拾生命樂趣。然而，他害人之事終為吉爾所揭發……

丹麥女孩

之一：

莉莉說了算
千萬個願意
與雄性激素訣別
一朵雲攜帶一朵花
願意留下身影
掛在萬物上
日夜放光
艾納無語
畫板沉默
柔柔的盡是雲和花
所謂艾納
科學作證
陽光完全退走
月光節節攀昇

之二：

艾納是莉莉
還是莉莉是艾納
畫板說話
只說了一次：
雲想衣裳

花想容
艾納無語
莉莉說了又說
鏡子說了又說
格蕾達，只能以愛
說了再說
陽光沉默
下半輩子的月光
交給雲和花
去管理

　　　　　　　　　　　　　　——2016年4月9日

 電影說明

　　《丹麥女孩》（*The Danish Girl*），改編自真人真事。故事背景設置在二十世紀初的丹麥。艾納和格蕾達夫婦都是畫家，一日格蕾達要求艾納換上女裝成為模特兒讓她作畫，誰知此舉竟喚醒了沉睡在後者心中的女兒心，最後還導致夫妻關係變異……本片在88屆奧斯卡電影金像獎中獲四項提名，包括最佳男主角和最佳女配角在內，而最終則是艾莉西亞·薇坎德（Alicia Vikander）獲得最佳女配角殊榮。

動物方城市

之一：

膚色不在詞典裡
面貌有註解
遺傳因子是論題
論辯技巧暗中找助手
主辯身分鎖定
大都會仍有激烈爭議
爭議正義的主體
歸誰管理
爭議正義的破題
以哪一種面貌稱優秀
大法官做不了決定
獸，畢竟不可貌相
大法官心裡也藏著一隻獸
萬獸各自飾演自己
以為最優秀的角色
演而優則導
導演切入結辯身分
告示天下
柔，亦可以
制剛

之二：

向上的是軟姿態嗎

百科全書啞然無語

遺傳因子保持緘默

跳躍豎耳另行提昇

境遇成就一團火苗

在原本的志向裡燃燒

抄牌也是自我發展

從小我到大我

第一步在胯下

一跨可以跨過千里

獸性俯伏

在你瘦小可欺的身體

高山另眼相看

想像中的高

它已無可比擬

路漫漫兮盡處陽光在望

花僅一朵燦開的顏色特異

從軟姿態中挺立

千里越過一個關頭

耳朵聽到掌聲

啪啪啪啪

如激流拍岸

一波一波
響應

——2016年6月15日

 電影說明

　　《動物方城市》（*Zootopia*），是一部非常優秀的動畫片。故事講述兔子茱蒂（Judy）小姐懷抱理想受訓成為警員，學成後以優異成績獲派往眾獸混雜的方城市（Zootopia）服務，為證明自己的能力，她不惜屢次犯險，終於成功協助警方破案。

13小時：班加西的祕密士兵

利比亞的天空全黑
膚色可以倒出墨汁
腐臭找洋人的洞孔來鑽
班加西的名字倒轉了
頭碰地砰砰如炸開的彈
槍彈飛彈為膜拜
選擇草木皆兵的名而來
遠處清真寺輕輕唱著歌兒
悠哉閑哉的天空鳥兒撒下
莫名的一堆糞
一群孩子赤著腳
捕捉凝結的空氣
忽然消失在草叢中
夜色一下子竟失魂落魄
散落在領事館四周
班加西似乎僅剩六個士兵
托著整座建築物的恐慌
緊急地把它疏散在槍膛裡
他們用槍桿子來追蹤
空氣裡早已
消散不見的
禱聲

——2016年6月16日

電影說明

　　《13小時：班加西的祕密士兵》（*13 Hours: The Secret Soldiers of Benghazi*），是一部根據事實改編的精彩影片。故事講述2012年發生在利比亞美國領事館遭當地激進回教徒攻擊的事件。在危機四伏的當兒，六名身負護衛重任的士兵冒死協助受困者突圍而出……

讀詩人103　PG1684

 潛默電影詩選

作　　　者	潛　默
責任編輯	洪仕翰
圖文排版	莊皓云
封面設計	葉力安

出版策劃	釀出版
製作發行	秀威資訊科技股份有限公司
	114 台北市內湖區瑞光路76巷65號1樓
	電話：+886-2-2796-3638　傳真：+886-2-2796-1377
	服務信箱：service@showwe.com.tw
	http://www.showwe.com.tw
郵政劃撥	19563868　戶名：秀威資訊科技股份有限公司
展售門市	國家書店【松江門市】
	104 台北市中山區松江路209號1樓
	電話：+886-2-2518-0207　傳真：+886-2-2518-0778
網路訂購	秀威網路書店：http://www.bodbooks.com.tw
	國家網路書店：http://www.govbooks.com.tw
法律顧問	毛國樑　律師
總 經 銷	聯合發行股份有限公司
	231新北市新店區寶橋路235巷6弄6號4F
	電話：+886-2-2917-8022　傳真：+886-2-2915-6275

出版日期	2016年12月　BOD一版
定　　價	320元

國家圖書館出版品預行編目

潛默電影詩選 / 潛默著. -- 一版. -- 臺北市：
釀出版, 2016.12
　　面；　公分. -- (讀詩人；103)
BOD版
ISBN 978-986-445-171-5(平裝)

1. 新詩　2. 詩評

851.486　　　　　　　　　　105022007

讀 者 回 函 卡

感謝您購買本書，為提升服務品質，請填妥以下資料，將讀者回函卡直接寄
回或傳真本公司，收到您的寶貴意見後，我們會收藏記錄及檢討，謝謝！
如您需要了解本公司最新出版書目、購書優惠或企劃活動，歡迎您上網查詢
或下載相關資料：http:// www.showwe.com.tw

您購買的書名：＿＿＿＿＿＿＿＿＿＿＿＿＿＿＿＿＿＿＿＿＿＿＿

出生日期：＿＿＿＿＿年＿＿＿＿＿月＿＿＿＿＿日

學歷：□高中 (含) 以下　　□大專　　□研究所 (含) 以上

職業：□製造業　□金融業　□資訊業　□軍警　□傳播業　□自由業
　　　□服務業　□公務員　□教職　　□學生　□家管　　□其它＿＿＿

購書地點：□網路書店　□實體書店　□書展　□郵購　□贈閱　□其他

您從何得知本書的消息？

　□網路書店　□實體書店　□網路搜尋　□電子報　□書訊　□雜誌
　□傳播媒體　□親友推薦　□網站推薦　□部落格　□其他＿＿＿＿＿

您對本書的評價：（請填代號　1.非常滿意　2.滿意　3.尚可　4.再改進）

　封面設計＿＿＿　版面編排＿＿＿　內容＿＿＿　文／譯筆＿＿＿　價格＿＿＿

讀完書後您覺得：

　□很有收穫　□有收穫　□收穫不多　□沒收穫

對我們的建議：＿＿＿＿＿＿＿＿＿＿＿＿＿＿＿＿＿＿＿＿＿＿＿

＿＿＿＿＿＿＿＿＿＿＿＿＿＿＿＿＿＿＿＿＿＿＿＿＿＿＿＿＿＿＿＿

＿＿＿＿＿＿＿＿＿＿＿＿＿＿＿＿＿＿＿＿＿＿＿＿＿＿＿＿＿＿＿＿

＿＿＿＿＿＿＿＿＿＿＿＿＿＿＿＿＿＿＿＿＿＿＿＿＿＿＿＿＿＿＿＿

11466
台北市內湖區瑞光路 76 巷 65 號 1 樓

秀威資訊科技股份有限公司　　　收

BOD 數位出版事業部

....

（請沿線對折寄回，謝謝！）

姓　　名：_____　年齡：_____　性別：□女　□男

郵遞區號：□□□□□

地　　址：_____

聯絡電話：(日) _____ (夜) _____

E-mail：_____